李广文 著

图书在版编目（CIP）数据

境遇 / 李广文著. -- 北京 : 中医古籍出版社,
2024.3
ISBN 978-7-5152-2794-8

Ⅰ.①境… Ⅱ.①李… Ⅲ.①长篇小说－中国－当代
Ⅳ.①I247.5

中国国家版本馆CIP数据核字（2023）第251489号

境遇

李广文 著

策划编辑 郑 蓉
责任编辑 李 炎
封面设计 蔡 慧
出版发行 中医古籍出版社
社 址 北京市东城区东直门内南小街16号（100700）
电 话 010-64089446（总编室）010-64002949（发行部）
网 址 www.zhongyiguji.com.cn
印 刷 北京市泰锐印刷有限责任公司
开 本 880mm × 1230mm 1/32
印 张 7.5
字 数 165千字
版 次 2024年3月第1版 2024年3月第1次印刷
书 号 ISBN 978-7-5152-2794-8
定 价 48.00元

苦难，有多种，而疾病是其中之一。本书主要讲述主人公自小患上世界难治性疾病，历经一次复读、两次高考、三次休学及一次（小）跳级，带病坚持完成学业并被彻底治愈，逆袭为医者的故事。

本书看似一部简单的个人成长史，但个人砥砺前行的每一次遇见，都和一个时代的记忆紧紧连在一起；看似一部简单的个人心灵史，但个人对生命的每一次渴望，都和一个时代的命运紧紧连在一起。应该说，个人踏出的每一步是否坚实，与一个时代对理想与信念的那份坚守是否有力，也是紧紧连在一起的。

本书中只有三位恩师的姓氏是真实的，通篇借用中药名、穴位名当作人名或地名，以医学术语贯穿其中，以文学形式科普医学知识，彰显中华优秀传统文化，呈现时代特质。

读了这本书，也许会触动你的泪点，也许会促使你奋进，也许会让你更加冷静面对一切……总之，人的一生，都要经历生、长、壮、老、已，不管吉与凶、福与祸、喜与悲……无论善良与丑恶、成功与失败、通透与混沌……都是对立相生的。再从“天行健，君子以自强不息；地势坤，君子以厚德载物”之道这个纬度看，我们不但只应做一个和谐人而已，而且对未来走向应产生一种张力才是。

# — 1 —

轰——隆隆，轰——隆隆。

一阵电闪雷鸣，呵！随着太阳耷拉着眼皮向西缓缓落下，刚才还红着脸的天，就像娃娃的脸，说变就变，顷刻间就阴了下来，“呜呜呜”地刮起了风；雨就像挂在树枝上，说来就来，“刷刷刷”地落了下来……

天色灰蒙蒙的，笼罩了整个大地。

斜对面藜芦老孃生了 9 个子女，老大到老七都是女孩，其中老五、老六是双胞胎姐妹，大的叫独活、小的叫羌活，叫独活的活下来了，叫羌活的却死于“痨病”；老八、老九又是一对双胞胎兄弟，大的叫柴胡、小的叫前胡，哥俩都活得好好的。

藜芦老孃家隔壁是珍珠婶家。珍珠婶生了 8 个子女，老大是男孩，取名叫防己，老二是女孩，取名叫防风，老大这个头儿带得好，天生就有自我防护能力；老二也不赖，平时有个伤风感冒的还真不是事儿。八兄妹个个都健健康康的。

听街坊老人说，藜芦老孃家的羌活就是在那年的 6 月，死于雷鸣声与风雨声交织的夜里……

夜，越来越黑；雨，越下越大；雷声与风声仍旧裹挟其中。

我顿了顿，习惯性地擦了根火柴，点亮煤油灯，翻开《语文》课本——

**毛主席语录**

我们的教育方针，应该使受教育者在德育、智育、体育几方面都得到发展，成为有社会主义觉悟的有文化的劳动者。

读着，读着，突然，煤油灯光一闪一闪的——外面的风，越来越大。我的右眼禁不住掉出了几滴泪。

“黄芪，起床了，下了一夜的雨还在下，天也还黑着，带上洋伞。”母亲推开房间门嘱咐道。

我伸了伸懒腰，“嗯”。

“妈，我不想去读书了，我的右眼老是难睁开，怕同学们笑我……”我急得跺起了脚。

唉！我的右眼怎么回事？上眼皮怎么就这样沉重，对着镜子，我用手拈起它，看来看去，直弄得串串泪珠不断滚落……

## — 2 —

一条流淌着童年欢笑的贯众河在三七县水沟公社境内自东向西环绕着，到了水沟这个镇子时，与之形成了平行走向。

放眼望去，贯众河两岸绿茵茵的植被，还有一拨一拨的鱼儿在清澈见底的水里嬉闹，不禁让人心生羡慕。

贯众河之名，也许正是因为把生命之源贯（灌）注于芸芸众生而得之罢。

水沟这个镇子横亘于一条梁子上，贯众河则俯卧于这条梁子下的最低谷，它们之间的平行距离约为两公里。

有意思的是，水沟从街头到街脚（街尾）也和贯众河一样自东向西延伸。

听镇上的老人说，这条梁子在荒无人烟的远古时代是一条巨龙栖息的地方，聪明的人类为了祈求平安、健康、吉祥，于是就聚集在此，这个镇子就这样自然形成了。

据说，这个镇子原来叫龙骨镇，不知啥时改的名，反正我出生时这个镇子就叫水沟街，是水沟大队也是水沟公社所在地。

水沟之名，也许与贯众河有关，而这条贯众河在中华人民共和国的版图上又仅仅是一条小小水沟的缘故吧？

距离水沟街头很长一段路程的东面，一个大斜坡上，一棵老龙树在一群群树、藤、草的簇拥下与四周零零散散的庄稼一比较，完全可用“鹤立鸡群”来形容。

这棵老龙树一年四季都在俯视着贯众河的一举一动——这一切，也被生活在这里的人们一代一代地传递着：龙盘东、虎踞西，水生木、土藏水。

这里，多年以来风调雨顺，青山绿水，五谷丰登……就是因为有了这棵老龙树！老龙树虽饱经风霜，但根深叶茂。

贯众河、水沟街、老龙树，都守着这片红土地，而这一片又一片的红土地，都是风水宝地。

## — 3 —

三七县，从古至今，有一个回避不了的故事——三七姑娘的传说。

一对才貌双全的仙女，始终对人间怀有怜悯之心。

姐妹俩得知人间缺医少药，即相约发誓“不助桀纣害黎民，宁为草芥利苍生”。私自下凡，姐姐勇敢地飞向东北方向变成了补气名药人参，妹妹则向相反的方向飘去变成了补血名药三七。

人参姐姐的话题暂且不论，先来看看三七妹妹。

三七妹妹穿着伸出三根枝条、每根枝条上分别镶嵌着七片绿叶、活脱脱像把伞的仙女服，越发美貌绝伦，飘逸极致。无怪乎人们常感慨道：与其说她身穿仙女服，不如说她打着一把仙伞，婀娜多姿地走向人间，使人间大放光彩，令人们目不暇接。

到了人间，三七妹妹来不及换下仙女服，便见一场战争刚结束，到处血肉模糊，残肢断臂者比比皆是；悲恸的哭声响彻云霄……

她心如刀绞，泪流满面，全身颤抖着，说：

“我来救你们了。我死后变成的草，是一棵神药，你们可用它来止血及治疗跌打损伤……”

说罢便纵身跃入土里……

循声望去，那片土地周围，被金光闪闪的光环围绕着……

片刻过后，光环消尽，地里缓缓冒出一株长有三枝（枝像她的腰带）、七叶（叶似她的长裙）的伞状神草。伞的顶端，近百颗珍珠玛瑙似的红艳艳的籽核聚集在一块，形成一个圆球，恰似当地少数民族少女头上缠裹的新盖头。

打那以后，生活在这里的人们就用这株三枝七叶神草来治疗各种血证，清·赵瑾叔有《本草诗》作证：

**本名山漆不须疑，**

屈指何曾有数推。
锋簇涂来疮即合，
杖笞敷上痛无知。
损伤跌仆堪排难，
肿毒痈疽可救危。
猪血一投俱化水，
真金不换效尤奇。

这真是——

**美丽三七**

三枝七叶一簇红，
源于南国杏林丛。
生消熟补瘀阻通，
誉满人间情意浓。

## — 4 —

坐落在水沟街头高坡上的水沟公社小学，与东面的老龙树、南面的贯众桥（贯众河上的木桥）形成了一个不规则的鹅蛋形。

这所公社小学操场北边斜坡上那些参差不齐的桉树和柏树一片狼藉，好在，缝隙不但被野生刺狼锤[1]那好看的叶子和花朵

---

1　当地俗称，系曼陀罗。

填满，还点缀成了一片“原始森林”。

我们打小就知道：刺狼锤虽是药，但有毒！

贯众河两岸田间、地头、小土坡上的鱼腥草、薄荷、马蹄菜、蒲公英、金银花、野菊花、白茅根……长势喜人，都是当地自然生长的清热解暑良药，如果在野菊花里再放点儿新鲜三七花泡水喝，嗯，那种苦、凉、甜的味道会让你感受到人生百态。

那年头，大凡患了头昏、身困、脘腹胀满、恶心、大便不畅这等痧证，几乎都这等弄——

第一步：居家处理，首先采摘房前屋后或自留地旁的中草药煎汁内服；再用细线将十个手指头扎紧，用缝衣针刺破十宣穴使每穴滴出少许血液，并点刺太阳穴、印堂穴；最后拿捏印堂穴至暗红色，并用壹分硬币刮肩背部至痧出尽。如果此法不效，则转第二步：把患者送至大队医务室由赤脚医生医治或请赤脚医生到家处理。如果仍不愈，则换第三步：送患者至公社卫生所诊治。

## — 5 —

那年 5 月，公社小学孩子们翘首以盼的夏季悄悄来临。

一个下午，蔚蓝色的天空中，火球似的太阳高傲地抬着头，凶狠地放射出刺眼的光芒，肆无忌惮地炙烤着大地，让孩子们红扑扑的苹果脸变成了黑一块紫一块的桑椹脸。一种迫切需要水滋润的涌动从内心深处迅速扩散到全身，令孩子们口苦咽干目眩，胸闷心慌汗出。

“我们赶紧去河里洗澡吧！”同桌决明一边用他那双刚滚过钢珠沾满灰尘的双手擦着满脸的汗水，一边迫不及待地说道。

刚上小学第二学期不久的我，还沉浸在新学年开学的喜悦和兴奋中，更受不住这种热气腾腾的煎熬，我抬起头双目炯炯地望向大家。

我长着一双又大又圆的眼睛，一对黑葡萄似的眼珠在双眼皮的陪伴下显得格外机灵。

这双眼睛又很贪婪，好似要把遇到的一切尽收眼底才作罢。

而决明，那脸蛋、那双眼，尤其那歌喉……更是没得说。

我和决明、草果、大黄向贯众河奔去，一路上欢天喜地。

面对太阳的示威，河水依然不在意地我行我素，温和地流向远方，好像在诉说着自然界的爱恨交织，人世间的沧桑巨变……

“怎么还不下河？你今天是怎么了？”小伙伴们异口同声把我“赶”下了河。

一股凉风刮过来，我不禁“哆嗦”了一下……

大家扑到水里，简直就是饥饿汉在撕咬“三七炖鸡”[1]。

有歌声由远及近，原来是即将毕业的那帮五年级捣蛋鬼在他们的“首领”——刺狼锤的带领下，一边大声地唱着《让我们荡起双桨》一边手舞足蹈地过来了。

“哈哈，你们看，这些小家伙居然敢侵犯我们的地盘！你们说，咋整？”刺狼锤的那双鼠眼在他那副尖嘴猴腮的衬托下竟

1　那年头，只有富人或三七种植大户在年三十才能享受这道既具地域特色又属药食同源的美味佳肴，也是“三七汽锅鸡”的源头。

然射出了黑幽幽的两道光，令人不寒而栗……

“我们冲下去，把他们撵走！”刺狼锤那帮人大声喊道。

我紧张地瞪着刺狼锤，他那双眯缝着的鼠眼居然被眼屎包裹住了，一直不停地眨巴着，我不由得笑出了声。

岂料，这一瞪一笑，竟把他给惹恼了。

一刹那，刺狼锤扭曲着脸凶神恶煞地游到了我的面前，龇牙咧嘴地冲着我，吼叫着：

“我让你瞪，我让你笑，我要让你这双大眼睛和我一样染上‘烂眨巴’[1]！”

我心里“咯噔”一下。

一瞬间，他就把他的眼屎硬生生地塞到了我的眼里……

## — 6 —

眼泪裹着眼屎在眼眶里打转，痒、刺、胀痛、灼热、干涩杂合而至，我的两眼咋就这么难受？

前几天还招人喜欢的这双眼，如今却被刺狼锤的“烂眨巴”传染了，多么惹人讨嫌呀！

我，失去了往日的欢乐，变得不愿意和小伙伴一块滚铁环、钢珠，玩弹弓、纸飞机，捉蚂蚱与蜻蜓，斗蛐蛐，做老鹰抓小鸡、打陀螺的游戏了；到了秋收季，在场院（打谷场）稻草上翻跟头的那种热闹场合更是不愿再参与了。

---

1　当地俗称，系急性传染性结膜炎。

那些年的一家人，大都共用一条洗脸毛巾和一个洗脸盆，于是，我的“烂眨巴”迅速祸及了共同生活的母亲和三姐。

公社卫生所的赤脚医生为我们娘仨进行内服外用，中西医结合治疗——

用上了当地最有效的中草药：癞蛤蟆棵（车前草）和独角莲（重楼或蚤休），熬水内服；用上了当时最流行的抗生素：油剂青霉素，外洗眼睛。

我们娘仨的“烂眨巴”，经过一段时间的治疗，均痊愈了。

历经一场“烂眨巴”的煎熬，我的左眼倒也完全康复了；右眼不再掉泪，也算是痊愈了，但咋就上眼皮掉了下来，双眼皮消失了，与好好的左眼一比，唉，那个尴尬样……

## — 7 —

我满月那天。

据说，一位本家伯父为我算命。

他先是沉思片刻，双目微闭，口中念念有词；后又面露难色，摇了摇头，心情沉重地叹了一口长长的气，说：

“这孩子，是土命，命太硬，他不会克别人，只会克自己。只怕他将来会有灾难，但愿他会克走自己的灾与难……”

伯父的话，一下子就冲淡了家庭的热闹气氛，遭到前来为我父母老来得子贺喜的亲戚们的一通质疑：

“这孩子一看就眉清目秀，特别是那双大眼睛多有神！再就是好手好脚的……哪会有灾难？”

“不吉利的话要慎重……”

“虽然伯父德高望重，但总不能倚老卖老吧……”

直到有一天，我稍微记事时才知道：我的出世，为这个家庭添就的喜庆和自豪是无以言表的。那时，我也才明白：为什么我的三姐小名叫小焕（换弟之意）。

## — 8 —

镜子里的我与从前，判若两人——

两只眼睛一大一小。又大又圆的左眼仍旧是双眼皮相伴；上眼皮掉了下来的右眼与下眼皮就隔着一条缝，犹如半睡半醒的眼珠子极不情愿地待在了眼眶内侧。

视物时，之前的一览无遗竟然变成了重影：一种东西变成了相同的两种，而且是平行的。

直弄得我晕头转向……

那个眼，在原来的位置上是多么的风光！而如今的这个眼，所在角落又是多么的落魄！

现在，我必须正视这样一个现实：我已不再拥有正常的视觉——只有右偏仰头，或拈起右上眼皮，或闭右眼睁左眼！

想不到，从正视这个现实开始，一路走来，竟是多年……

现在，我必须接受这样一个事实：那些熟悉我或不熟悉我的人看我时的那种怪怪的眼神，以及对我的那些悄悄的闲言碎语！

想不到，从接受这个事实开始，一路走来，又是多年……

仲夏时，每家每户自留地围墙边的石榴树、杏树、桃树的枝丫上一些残枝败叶中间总会有两三片嫩绿小芽在生长着，甚至还有被桑寄生缠绕着的，依稀可见。

## — 9 —

每天清晨，我总是在听到公社广播站播放歌曲——《东方红》时，才从梦中醒来。

“黄芪，别难过，我们大家都等着你治好眼睛回来和我们一起上学……”决明带着几个同学利用上学的间隙跑到我家来道别。

“你们快走吧，早操时间马上到！”我赶紧催他们。

绝不能因我而耽误他们，要是迟到他们会被罚站于学校门口直至早操结束。

他们一个个就像霜打的茄子似的无精打采地一步一回头地走了……

我不知道啥滋味，只觉得鼻子酸酸的……

我还能和他们做同学吗？

就在昨天，我隔着墙壁听见三姐轻声细语地对母亲说：

“我听小弟的老师讲，小弟这一走，不知什么时候才能治好病回家，如果时间太长，就不能和原班同学升级，只能留级。妈，我们最好别告诉他……”

## — 10 —

那年头，水沟公社的孩子要是能够亲临县城——山楂玩耍一圈，感受一番，简直就是一种奢望。

山楂，是三七县人民政府及山楂镇人民政府所在地。

父亲在县城工作，于是，我到县城山楂的机会相对就比小伙伴多了些。

我每次从县城回来的第一件事，就是将几个要好的小伙伴召集到家里——

把在县城的所见所闻放电影般一一展现出来，跟大家分享；把在县城买到的小画书[1]、玻璃蛋（玻璃珠）、文具盒……拿出来让大家观赏。

每次逛县城，我总是抑制不住阵阵心跳。

而每次从县城回到家，我总要沮丧几日。

每次去县城，我都会发现房子又多了，路又宽了，电灯更明亮了……

而每次从县城回到家，我都要再次面对原来的那山、那路、那房、那煤油灯……

1　当地俗称，系小人书或连环画。

## — 11 —

“孩子这眼病，我们从来没见过，也没听过，你还是带着孩子到睛明州立医院看看有没有办法。”三七县人民医院的医生也很无奈，看上去与父亲年龄相仿的一个，面对父亲直截了当地说。

迈出医院大门，只见高大挺拔有些年头的四棵老桉树，每侧两棵傲然矗立于大门两侧。

它们像医生般虔诚地守护着生命，像卫兵般忠诚地守卫着医院。

不论从哪个角度看，它们都是无畏太阳、狂风、暴雨的肆虐!

这时，一阵狂风袭来，树干上的枝丫反抗性地左右摇摆，有些还上下跳动，发出“吱吱吱”的怒吼声；紧接着，几片枯黄的镰刀形叶子被迫掉了下来，还发出“唰唰唰”的惨叫声……

瞬间，我便失去了逛县城的激情……

我，不可能马上回家，也不可能把逛县城的感受并且也没有任何感受分享给小伙伴了。

除了等待，还是等待，我只有等待着大哥从州府灵芝来接我……

## — 12 —

睛明州人民政府所在地——灵芝，是全州政治、经济、文化中心，是全州 8 个县最热闹、最繁华的地方，比三七县城可大多了，那是人多、车多、街道多、房子多的地方，在三七县城看不到的东西，到了那里，都能看到。

灵芝县城的医院很多，除了晴明州立医院和灵芝县人民医院等地方医院外，还有驻军部队医院。

响应毛主席“6・26”指示精神，众多来自北京、上海、天津等大城市大医院的医生都穿梭在灵芝的几家医院，普通话、不同方言与当地少数民族语言交织在一起，形成了别具一格的边疆民族文化特点。

“文革”结束后，他们中的一部分人诚惶诚恐地践行着自己的诺言，有些人则忠诚真诚地捍卫着自己的信念，永远地留在灵芝，与那里的人们心连心、肩并肩、手拉手工作和生活在一起，为边疆人民的身体健康默默地奉献着大爱！

能亲自上州府灵芝逛一逛，那是我心中的一个梦！

虽然大哥大嫂打工作起就在灵芝，但我一直没机会去过。要不是这次眼病，还真说不上何时才能实现心中的这个梦？想到这里，我的心里不禁又激荡起兴奋和希望来……

“小弟的右眼怎么变成了这个样子？”快言快语的大哥一见到我这副模样就问起父亲来，带着黑眼圈和几分疲惫的父亲欲言又止。

“好好看着我，不准偏头，也不准用手抬眼皮，睁大眼睛，看着我！”大哥既关切又难过地对着我说。

我努力着，努力着……刚才使劲睁，露出的那条缝，瞬间就不在了。原来上眼皮又掉了下来，把下眼皮盖得严丝合缝！

我弄得满头大汗，仍无济于事……

# －13－

大哥带着我奔波于灵芝的所有医院的几乎所有科室，操着南腔北调的医生，戴着口罩被白大褂捂得严严实实依稀才见红五角星、红领章的解放军大夫们也为我进行了认真细致的检查。

“这孩子，右眼上睑下垂、内斜视且复视，看来还是眼睛问题。这种情况，严重妨碍他读书认字，最好的办法是休学进行长期治疗！”晴明州立医院五官科的医生严肃而认真地对大哥这样说道。

刚出医院大门，面对着川流不息的人群，我就像电影中头上顶着“尖尖帽”的地主老财，在众目睽睽之下挨批斗的那种，低着头不吭气。

突然，一阵疾风刮过，我不禁趔趄一下，大哥赶忙拉紧我，说：“我们回家吧，大嫂在家里给你做了好吃的……”

不算冷的天，我却分明感到一阵阵的寒意……

“多吃点，这么晚才到家，现在我们不说眼睛的事……”贤惠又能干的大嫂边说边往我碗里添蒸鸡蛋。

坐在木质坐车里仅 8 个月大的侄女舞动着小手和我打哈哈，看到她那双漂亮而可爱的大眼睛——

我一边吃，一边热泪在眼眶里打转……

秋深了，好些花正在凋谢，树脚下尽是遇风而掉的黄叶，树枝上黄、绿参半的叶子显得有些惊魂未定；而花藤上、树枝上尚有少许的纯绿叶，仍很顽强。

## — 14 —

为了治病，我只好休学，住在州府灵芝大哥家，远离了决明他们。

这些时日，我都得早起，大哥在上班之前就得骑上那辆半新不旧的“永久”牌载重自行车，先把我带到晴明州立医院五官科打针，再带到他的单位。

大哥去工作后，与其说我被安排在一间小屋里，不如说我一个人悄悄躲进小屋，默默地翻弄起小画书来。

我用一年级至休学前学到的不多的几个字，整天就这样盯着小画书看，一种很艰难的方式。

慢慢地，我居然喜欢上了小画书这个唯一的伙伴！一本《董存瑞》，一本《邱少云》或一本《黄继光》便可伴我度过一整天。

我终于学会并适应了低头“读书”，还发现低头一会儿右眼上眼皮竟然可以抬起一些！我为这个发现着实高兴了一阵子！

而小屋外面总有一群看似年龄比我还小些的孩子在嬉戏打闹。

透过玻璃窗户我发现他们嘴里不知道在嘀咕什么，老是对着小屋指手画脚，之后又不约而同地靠近窗户，每当这时，我总是背着窗户把头埋得比平时还低，紧张地翻着小画书：千万不能让他们发现我的眼睛……

他们离开后，我又身不由己地昂起头眼巴巴地随着他们的身影转动直至消失……

五官科的患者有的包上眼睛，有的托着腮帮，有的戴上口罩……要是碰到包上眼睛的，我忍不住总要瞟一眼……

看眼病时，医生一般是边问病史边用仪器检查，还会对着视力表和色觉检查图检测视力及了解是否存在色盲等。诊室虽清洁卫生但仍散发出酒精、药水、纱布等医院特有的气味。

前些日子，为了先把我的右眼球拉到它原来的位置，五官科医生想出了一个办法：将我的左眼到右眼的一半用纱布盖住，让右眼露出的另一半成为眼球活动的空间。

现在，好的左眼已被完全遮住；病的右眼不但是上睑下垂，而且只剩一半视野了。

这样一来，我之前行走视物时需仰着头或用手指拈起上眼皮的姿势变成了偏着右侧身子，同时必须用手指拈起上眼皮的造型！

我越发不敢出门，虽然没有重影，但却招来了更多的目光……

在五官科看病，我已经习以为常了。

迷茫、困惑，有时也会释放出些许火光。

今天，大哥要带我到从未看过的另一个科室看病。

睛明州立医院中草医科，门诊患者很有秩序地进进出出。

中草医科，散发的不是医院那种特有的刺鼻气味，而是像草果、八角、薄荷之类的香草气息。

我仰着头仔细地把坐在候诊凳上的患者从头到尾扫了个遍：这些真的是患者吗？为什么没有一个包着眼睛？暖暖的心不禁凉了半截……

一位满脸堆着笑的医生接诊了我——

按他的要求，我双手交替着放在一个白色的小枕头上，他用右手的食指、中指、无名指轻轻地搭在我的手腕上，再看了看我伸出的舌头，便之乎者也地说了一段古文，大哥在旁赔着笑脸似懂非懂地点了点头。

他站了起来，很自信地说：“这种眼病，可用银针治疗！”

“哎……呀……！”一阵钻心般的疼痛，我不由得大喊出来。

随即眼前一片漆黑，天旋地转……

“我的……眼……睛！我……我还能看……得……见……吗？”

他被吓着了，手忙脚乱地将针拔出……

哪知，鲜血沿着针刺点喷射般流出……治疗前，扯起上眼皮还能看东西的右眼，如今看到的却完全成了红色！

“这是睛明穴、睛明穴，难道刺中动脉了？不会的，不会的……”他自言自语中显得有些语无伦次。

次日，我的右眼肿胀乌红得像个乒乓球……

深冬时节，众花落尽，而像蜡梅那样耐风寒的却不一般：在这个寒冷的季节竟傲然开花，并且花香沁人心脾。这，难道不就是给大地注入了生命力量？一种全新的！

## — 15 —

雪花正在七零八落地飘洒着。

一只满身银白色间或露出头脚的小鸟在空旷寂静的篮球场上拍打着翅膀，试图飞向高空并“叽喳……叽喳……”地叫个不停。

我一个人就这样望着小鸟，望着远方，孤零零地。

“小弟，妈妈让我来大哥家接你回家过年！”

离开喧闹的城市，和三姐踏上熟悉的乡间小道，我的心情竟惬意多了。

雪花把熟识的那山那树那田地装扮得有些陌生，只有直立在群山环绕中的那青山岩上的“农业学大寨”5个白色大字越发显得熠熠生辉，与城里的“工业学大庆”5个大字相比，它也毫不逊色。

我有3个姐姐，大姐嫁到了三七县城山楂；二姐是老家为数不多的高中毕业生，作为知青，她响应国家号召，到更偏远的村寨去“上山下乡”，恢复高考后，又凭着自己的毅力和努力考上了师范院校，当了一辈子光荣的人民教师；三姐就是和我朝夕相处的焕姐。

我独自一人推开家里的后门，俯看着贯众河，随着目光移动，我慢慢地用手指拈起右眼上眼皮，看到了决明家住的那个村子，贪婪地远眺着那个村子后山上的那片树林。

这是一个依山傍水的少数民族聚居地：前方低凹处是春夏秋冬都清澈见底的那条贯众河；后面高山上则是一年四季都郁郁葱葱的那片树林。

村子里的房屋大都是土质构造的四合院，房顶上满是整齐的瓦片铺盖着；要是见到用野毛草扎扎实实覆盖着的房屋，足以说明，这个人家生活确实艰难，甚至穷困潦倒。

几乎家家户户的院子内外都栽有梨树、桃树、李树、杏树、石榴树等果树。

每逢水果成熟的季节，决明都会邀约几个要好的小伙伴到他家的院子里，要么爬上树、要么用竹竿采摘自己喜欢的水果装到书包里，然后一道兴高采烈地奔跑到后山那片树林中玩耍。

每逢秋雨绵绵的季节，小伙伴们有的穿着雨衣、有的打着洋伞、有的带着草帽、有的打着赤脚，成群结队走进那片树林，开心地捡起青头菌、刷把菌、奶浆菌、鸡油菌等野生菌，运气好点的，竟然还能拾到鸡枞菌！

民间有这般说法：某地走出官员之类的“名人”，那么此类“名人”便被称为“大鸡枞”，而拾到鸡枞者却是“苦命人”。令人十分不解。

雪花仍在七零八落地飘洒着。

远远望去，曾经那片蓝天白云下呈现波浪形尽是绿色的画面，如今却完全被染成了白色，无法分辨出哪里是天边，哪里是树林。

老百姓都喜笑颜开地说：“好兆头啊，来年又是一个丰收年！”

今年的雪来得有些蹊跷，下了整整半个月，并且来得太迟，这不，再过一周就是年三十了。

有的人家用报纸在裱糊堂屋墙壁，堂屋神龛上方正中央已被换上崭新的毛主席像；有的人家用布票到供销社买来布为孩子们缝制新衣服；有的人家用大米或苞谷在舂粑粑；有的人家用尽办法、绞尽脑汁……一切都是为了过好这个年。

到处都充满着节日的喜庆气氛。

如果那条贯众河里的水能倒流，该多好啊……

春来临，五颜六色的花都在竞相开放；树上的枝条也不甘示弱，抽丝剥茧般地吐出了嫩芽；就连那些小草也在凑热闹，破土而出，绿绿的。

## — 16 —

遵医嘱，年后我又到了州府灵芝大哥家，大哥仍旧带着我去医院继续治疗。

今天晚上看彩色电影——《闪闪的红星》！

来不及吃饭，我就赶忙从大哥家搬着小板凳往篮球场奔去。

我即将上小学的两年前，在县城大姐家小住了几日，愿望就是能进电影院看上一场电影。

全县仅“东方红”一家电影院，可想而知，拥有一张电影票，有多难！

一个清晨，薄雾尚未散尽，我便和大姐上路了，赶到售票窗口时，天刚放亮，购票人已排成长龙。待大姐购得电影票时，已是蓝天白云，太阳正在笑眯眯地盯着人们。

那是我第一次进电影院也是第一次看彩色电影，那次我用一双完美无瑕的眼睛将《闪闪的红星》看了个遍，想不到，那竟是我童年时代的最后一次完美视觉！

影片中 10 岁的小红军潘冬子与大坏蛋胡汉三斗智斗勇的故事，几乎成为那个年代孩子们的共同记忆。

“在你右眼上眼皮粘上胶布，你就不必用手撑着了。”用心良苦的大嫂为我支了一招。

“呵！就像正常眼睛一样……”我暗暗佩服大嫂，“这办法真管用”。

电影放到一半时，我突然感到右眼丁痒与辣痛交加，想眨眼，却眨不了，泪珠还不断地往外溢——因为胶布粘着。

看上一场电影实属不易，尽管是露天电影，我就这样忍着把电影看完了。

大嫂为我撕胶布时，直疼得我龇牙咧嘴……我含着泪让右眼自然闭着，事毕，几根横七竖八的眼眉毛可怜巴巴地倒在了胶布上……

这次看《闪闪的红星》，让我怎么也找不回两年前的感觉……唉！都是因为我的眼！

# — 17 —

夜幕降临了。

灯，还是那盏用墨水瓶制成的煤油灯，陪伴着我。

我信手翻开下午才发到手的新书——《算术》，首先映入眼帘的还是那篇早已熟悉的毛主席语录。

一晃一年多过去了。

一年多的休学治疗，我的病情还是老样子。

这一年多来，我已慢慢适应了以“异样的姿态”看外界。

又逢一年秋季开学，我复学了。

还是那所学校——两扇风烛残年两米高的木门，右侧土墙上竖挂着一块木板，上面用毛笔工工整整地写着“三七县水沟公社小学校”。

还是那间教室——矗立于校园正中央的一座历经沧桑的古庙分隔成的左侧房间，门楣正上方写着“一年级二班”。

还是那些课桌——每排能容纳 5 个学生的用铁钉将长方形的木板和长方体的木头固定起来的连体桌凳，被大家戏称为“火车课桌”。

“黄芪，不管怎么说，你又可以上学了，我们虽然上了三年级，但会常来看你……”

决明、草果、大黄利用课间赶来七嘴八舌地安慰我。

“我们认识一下：我叫枳椇子，我有两个双胞胎哥哥，大哥叫枳实、二哥叫枳壳……”这个班，一开始就只有他和我主动搭讪。

“你们看，那个同学怎么老是一个人待着，不和大家说话？”

面对熟悉的环境和陌生的面孔，我只有再次把头埋得低低的……

## — 18 —

“告诉大家一个好消息，我们班马上来一个插班生，是吃‘国家粮’的。”

二年级开学第一天，木通就在班上嚷嚷开了。

木通，虽姓木，可一点都不木讷、不迟钝，更像他的名一样，不但伶牙俐齿，而且是全校绝无仅有的消息灵通人士。

班上数他年龄最大，且性格直爽，好打抱不平。

上次全校露天语文、算术竞赛就是他为班集体争了光，老师即兴出题，默写汉语拼音字母表他得了 100 分，拿了个年级语文第一！

这不，才开学，就让他当上了班长！

吃“国家粮”的！在我们班，只有悬枢和梁丘两人，现在又来一个，直把我们这些农业人口羡慕得要死！

“今天，是我们开学的第二天，我们告别了‘火车课桌’，搬进了正式教室，从现在起，同学们有了自己的正式课桌，每两个同学一条凳子、一张桌子。下面，开始分座位……”

老师话音刚落，随之而来便是同学们的掌声，这掌声确实有些久违了。

“新来的桃仁与黄芪坐一块……”老师把嗓门提高到让无比兴奋的同学们都能听到“新来的”这几个字。

“叽叽喳喳”，我努力向右侧窗边靠近，把头转向窗外，瞅着柏树枝上开心的小鸟，尽量不让吃“国家粮”的新同桌发现我的右眼……

## — 19 —

我们的家乡在希望的田野上
炊烟在新建的住房上飘荡
小河在美丽的村庄旁流淌
……
我们的理想在希望的田野上
禾苗在农民的汗水里抽穗
牛羊在牧人的笛声中成长
……
我们的未来在希望的田野上
人们在明媚的阳光下生活
生活在人们的劳动中变样
……

“同学们，你们都是从全校各个班选拔出来组成校文工队参加演出的演员，特别优秀的极个别同学还有希望通过县文工团的挑选，如被选中，不论年龄大小，都可以到三七县文工团上班，吃上‘国家粮’。哈，那可是在县城单位吃‘国家粮’哟！”数学兼音乐女老师热情高亢地对着我们说道。

“再来一遍，大家注意喽：要抬头挺胸，睁大双眼，盯好我的手风琴，跟好拍子，预备……”

刚才那两遍是怎么结束的，我已迷糊！现在还要再唱一遍，并且“睁大双眼”，真恨不得脚下有个洞！

上学期在教室座位上完成的音乐考试，就是这首歌，我低头唱时，恰逢老师不在意，便得了个高分，就很侥幸。

因为我的“不领情”和“固执”，我“如愿”退出了校文工队。

我与同桌桃仁的关系，从认识到熟悉的过程中自然而然又产生了距离。因为，他不可能退出校文工队。

半年后，初中[1]一年级的一位学长确实走进了县城，进入了文工团工作。

“吃上‘国家粮’，也不是一件十分难的事。”大家都这样议论着。

## — 20 —

“又是猪肝……哎！妈，这猪肝又贵、花椒籽又麻、锅烟子[2]又黑，实在难以咽下，我真不想吃了。”

近段时间，只要一见到甑子[3]里饭头上的那小碗蒸猪肝花椒

1 当时，部分公社没有独立的中学校，小学校就包含初中部，又称小学附中。

2 烹煮食物的金属锅背面与柴火接触一定时间后呈黑色粉末状的残留物。

3 一种利用水蒸气的热力使生米、凉食物变成熟饭、热食物的圆柱形的木质器具。

籽拌锅烟子[1]，我就感到一阵阵的恶心。

“你太不懂事了，一个星期才赶一次街（集），只有赶街的日子才能买到猪肝，听说能治你的眼睛，那就得买呀！”

或许，母亲存有这个幻想：只要我吃到一定的程度，也许有一天，我掉下来的上眼皮会突然间升上去，右眼就会和左眼一样好好的。

她虽无奈，仍再说：

“前段时间，我和你伯母走了一上午的路去求神灵保佑你。回来的路上听说这个方法可以治疗你的眼病，还说猪肝专治眼睛，花椒籽就像眼睛珠一样，锅烟子……”

啊！今天是个晴朗日，对着太阳的强光，好像，我的眼神儿也在放光，还敢与她对视，那还了得？

是的，我丝毫无畏，与总是不敢直视，耷拉着脑袋的往常，竟截然相反。晨起至今，我的右眼与左眼竟然一致——大大的、圆圆的，岂不开心？

哈！太阳，我从今往后便可盯着你看，直把你看得个明明白白，才不会像原来那些日子总是躲着你……突然，我的嘴巴变成了黑色，并且长呀长呀，长成了小画书里猪八戒的长嘴巴！

“黄芪，起床，该上学了！”母亲一声叫唤，直把我惊出了一身汗……唉，原来又是个梦！

---

1 不知道是从哪个朝代流传下来的专治各种眼疾的民间偏方。

## — 21 —

我们是共产主义接班人
继承革命先辈的光荣传统
爱祖国
爱人民
鲜艳的红领巾飘扬在前胸
不怕困难
不怕敌人
顽强学习
坚决斗争
向着胜利勇敢前进
……

大家挑起粪箕，扛着钉耙，排成长队，豪迈地放声高歌。

上午放学前，老师宣布：

“今天下午的劳动课，由我领着大家到街上捡牛粪，同学们要准备好工具，同桌之间要团结友爱，捡得越多的同学获得的小红旗就越多。”

劳动课，每个星期五下午除了雨雪天，都要如期进行。这是校长在开学典礼上定下的规矩。

与吃“国家粮”的同桌桃仁比起来，做农活，他得拜我为师。

老师讲同桌之间要团结友爱，这不是我大显身手的机会吗？

老师讲完话，我再次故意把头转向窗外，保持沉默。

桃仁轻轻地推推我，说："我家没有工具，你能帮我吗？"

我转过头笑了笑，说："谁叫我们是同桌呢？放心吧，有我的就有你的！"

我的回答，直把他乐得蹦了起来。

星期天，桃仁主动邀请我到他家玩耍。

"唉，你不是带我去你家吗？怎么还要到学校？"我不由得迷惑起来，拍了拍桃仁的肩问道。

桃仁冲我扮了个鬼脸，大声喊道：

"爸爸、妈妈，快开门，我把我的同桌黄芪带来了。"

"老师好！"我毕恭毕敬地站在门口。

谁曾想，桃仁的爸爸——20 世纪 60 年代初期师范学校毕业的满腹经纶的张老师，竟成了改变我命运的第一个恩师！

## — 22 —

随着"家庭联产承包责任制"的推进，农民舒坦了。

母亲、三姐和我系农业人口，承包了田 2 亩余，地近 5 亩。

那年，父亲的单位——三七县马车运输社也搞起了承包制。

到了农忙季节，父亲就赶着他承包的那套大马车（1 匹马、3 匹骡子）回来小住一段时间。

3 年间，父亲省吃俭用、攒够钱便买下了这套大马车。

星期六下午、星期天虽是法定休息日，但对农家上学娃来说，却是到田间地头的劳动日。

吃过晚饭，我随三姐去挑水，三姐的桶能容纳 80 斤，我的能容纳60斤。为了装满家里的那个大石缸，这是我和三姐每天的家务活，也是一项定时作业。

一天傍晚，我挑着水桶，站在贯众桥上，看着清澈见底缓慢流动的河水，心里不禁犯嘀咕：自从土地承包到户后，母亲不知疲倦的脸上为什么总是写满喜悦？可我的心里却充满着惆怅：我和三姐除了做好家务活外，还得竭尽全力帮助母亲干好承包到户的田地活。这，不知何时才到尽头？

一个星期六下午，天气很晴朗。

我坐上父亲的大马车，车上装满了发酵过的干燥农家粪，正运往承包地。

我正津津有味听父亲讲着《三国演义》里的张飞，突然，马车驻足不前了——

哦！原来是一个3岁多的男孩坐在路中间哭闹不休。

我即刻下车将其抱至路边。

他一睁开泪眼，对着我，便是一句“烂眼”。

本能地，我顺手就给了他一巴掌！

“你为什么打小娃？”他奶急匆匆赶来，大声嚷着，用拄着的拐棍指着我，使得她那双裹着的小脚越发颤巍巍的。

“只要他有胆再骂我一次，就试试看！”我怒得像张飞睁圆环眼，虽然只是左眼，但已把她吓得不作声了。她头底下挂着的那个大脖子，馒头般大，也在左右晃荡着，像极了荡秋千。

那些年长我的歧视我也就罢了，你小小年纪神气什么？我的右眼虽然出点毛病，但也不是坏心眼！

我不愿接受父亲对我的指责，也不想再听他继续讲故事，只觉得鼻子酸酸的，硬是把要淌出的泪逼回了心里……

“天黑了，别挑了，你出了这么多汗……”母亲一边帮我擦着不断从额头上沁出的汗珠子，一边心疼地劝我。

我十分不耐烦，喊道：

“我和三姐不挑，就您一个人能干得完这些活？”说着话，我又挑起一担刚装满的大粪向贯众河对岸的秧田处奔去。

天，越来越黑。

过贯众桥时，在晚风的吹拂下，汗水浸湿了衣服，紧贴着皮肤，我不由得一阵哆嗦……

此时，我心里就剩一个念头：过完桥爬上第五条田埂路右拐进第四丘田便是我家的。

到了第五条田埂路上，我小心翼翼地数着一、二、三，快挨近第四丘田时，突然间，晚霞直射过来，脚下的田埂路若隐若现，加上肩上的担子，田埂路竟然有些摇晃……

眼前的重影：两条田埂路，哪条真？哪条假？怕是得使出平时积累的经验才能甄别——

我变换着闭紧右眼、睁大左眼，闭着左眼、努力睁大右眼，几经反复，确认无误，一脚下去……

待三姐挑着另一担到来时，我和我的这一担已栽在第三丘田里，分不清哪是粪水、哪是清水……

田里的稻谷也好，地里的苞谷也罢，从一开始的小苗苗到抽穗到成熟，若你亲历劳作，到收获时节你肯定懂得：曾经洒过汗水，对“苦中作乐”“苦尽甘来”的体会更是深切！

诚然，庄稼的长势有人的付出，也有靠天吃饭的运势，不然，“风调雨顺”作何解？从播种到收成，可谓人养一半，天养一半，这就是主观与客观的关系。

# — 23 —

那年 3 月 5 日，“学习雷锋日”活动如期而至。

同学们肩挑手拿劳动工具，以班级为单位，边唱着《学习雷锋好榜样》，边清扫街道。

“告诉你们，我们班换算术老师了，是从初中部调过来的……”“三好学生”木通班长大汗淋漓地边抬着一竹篓垃圾，边大声地发布着一条消息。

“你怎么知道？”好事者问道。

木通一本正经道：

“3 月 1 日开学那天我就知道，况且这位老师已找我了解过班上的情况。”

“那些民办老师、代课老师是不能与我相比的，他们是‘老师混钱使，学生混日子’……”木通瓮声瓮气说到高兴处，左手擦着汗水，右手上下晃动学着新老师的架势。

顿时，一年四季总是穿着一件不知是蓝色还是黑色，但被洗得发白，并且肩臂处打满补丁的中山装的老师出现在我的眼前——

“同学们，这是我给你们上的最后一节课，我希望你们好好学习，天天向上，长大后为建设‘四个现代化’做贡献！我真舍不得离开你们，因为你们个个都是好样的，但为了我病倒在床的妻子和 5 个幼小孩子，我没有办法，只有选择回到家乡的村子里去一边教书、一边干农活……”

同学们双眼都噙满了泪水，可怜巴巴地听着老师的倾诉。

他，就是两年前我们的班主任，我们爱戴的厚朴老师，一位背井离乡十余年把爱全部献给学生，工资仅 14 元 5 角、稻谷

42 斤的民办老师……

我永远也忘不了他与我们分别时，那双坚毅深邃的眼睛里流出的串串泪珠……

## — 24 —

“老师，请问：3+2−5×0 得几？”我从座位上站起来对着讲台上新来的算术老师就问。

“哼！你这学生，竟敢考老师？问题太简单了，得 0！”老师不屑一顾。

换作谁，只要掉以轻心，绝对出错。

我理直气壮地说：

“厚朴老师原来就给我们讲过四则混合运算法则‘有括号先算括号，没括号先算乘除再算加减。’因此，答案是 5 而不是 0！”

老师的得意劲儿刹那间便被红一阵、青一阵的脸色所代替：

“这……这……”

安静的教室瞬间像炸开锅似的，同学们你一言我一语地哄笑起来：

“还吹嘘自己是正规师范中专生……”

“还说不跟民办老师、代课老师比，如果比，不知强多少倍呢……”

“哈哈……哈哈……”

老师离开教室时，还不忘狠狠地瞪了瞪我，说：

“有你好看的！”

“你真气人！他是去年才从师范学校毕业分配来的年轻老师，上半年教初中，这次开学才调过来教你们算术，今天刚上第一节课，就被你搅成这样……”

放学后，我被班主任张老师留了下来，说这话时，张老师眼里藏着几分心酸。

“张老师，我不是故意的，但一想到原来教我们语文、算术的班主任厚朴老师，我们就难受……再说老师都希望学生多提问题……”我胆怯地据理力争。

那年，小学五年级毕业，张老师给我的总评语是：团结同学，爱动脑筋，学习成绩不断上升，名列全班第一，但对任课的部分老师不够尊重……

那年，小学五年级毕业，学校给张老师的总评价是：班级成绩上升幅度大，名列全区[1]第一，但对学生的教育方法有待进一步完善……

## — 25 —

“一个人能够在喧闹的环境里静下心来争分夺秒地看书，这种精神难能可贵，难怪他的成绩……”

同桌桃仁的爸爸——张老师刚接任我们五年级班主任兼语文老师，在开学典礼结束后的第一次班会上就这样表扬我，把我羞得抬不起头来。因为，我的“表象”“蒙蔽”了他。

---

1　那时，“水沟公社”已更名为“水沟区”，“全区”即“水沟区”。

每次开学典礼的前奏，操场上密密麻麻的同学自发演绎的嬉笑打闹场面，都像为校长即将讲话做铺垫似的。

这种场合，我多想无拘无束参与，但因我的眼，不愿让人注视，也不想被人歧视，只好低着头做一个默默的听众。而这次，我干脆拿出书，假装看，为的是掩饰，但又做不到听而不闻。

岂料，这种回避，竟然一直延续到了后来住校的那些日子里，像吃饭，如午餐和晚餐，同学们都会把在食堂打好的饭菜端至宿舍，聚在一起，天南地北、海阔天空地边侃边吃，甚是热闹。每逢这种场合，我除了和信得过的几个同学一起，就只有避开大家了。

月亮当
本姓张
娑罗树
躲阴凉
阴凉甜
卖苦连
苦连苦
卖嘟嘟
嘟嘟角
卖牛角
牛角尖
尖上天
……

唱着儿时母亲教的童谣，飞呀飞呀，飞过了百村千庄，飞过了千山万水，飞上了天，飞到了月亮上——

月亮上娑罗树下的那位神仙站起身来满脸微笑地朝我走来，用她那纤细的手指对着我闭着的右眼一指，但见银光一闪，说时迟，那时快，我的右眼居然慢慢地睁开了，睁得与左眼一般大；随即，并排着的重影也慢慢地缩短了间距，最终重合为一体……哈！我的眼睛又可以一览无余！

“轰隆隆……”突然，一声惊雷把我从梦中震醒！我揉了揉惺忪的双眼，火柴一擦，点亮了马灯，对着镜子一照——

唉！还是老样子……

## — 26 —

夏秋之交。

三七东路，灵芝县城主大街之一，齐刷刷的两排桉树中间掺杂着几棵不显眼的梧桐树。

是否梧桐树矮胖、桉树高直的缘故？使得桉树上只剩些许枯黄叶子，而梧桐树上的叶片仍以绿色为主。是的，若再到了深秋，这些树叶不论是黄还是绿，都会力不从心地完全干枯，无可奈何地离枝而去……

今天星期二，一个刻骨铭心的日子。

一大早，一直疼爱我的在三七县桑枝区中学当老师的二姐和二姐夫领着我往睛明州立医院五官科奔去。

一路上，迎面吹来的风，为处于暑热的人们带来了些许凉意……

我自复学至今已整整 5 个年头了，这 5 年来每逢寒暑假几乎都要到州府灵芝大哥家住上一段时间，徘徊在每家医院寻求良方妙药治病，但每次均以失望而告终。

而这次五官科主任居然推翻了前医的观点，以十分肯定的语气说，这种眼病只有采用手术的方法才能彻底解决，并分两次进行！为了不耽误我上学，特意安排在假期完成。

五官科主任的这一论断，为我增添了信心，使我不再陷入彷徨与迷茫中——

去年 4 月中旬，大哥利用赴省城出差间隙，特发电报给二姐，二姐领我到县城约上大姐，大姐背上她 1 岁多的幺女老三，一起坐班车转火车一天一夜抵达省城，看诊于某医院及某诊所，无功。返程头天，大哥带我们去省城最大的公园散心，听着高音喇叭中的歌曲《军港之夜》时，我的眼泪一直在眼眶里旋转着，怎么也听不进哥哥姐姐的劝，就是二姐用上“你是个乐观的人”来夸我也无济于事。我，就是无心留影……

“小朋友，这次手术是把你的眼球拉正，你害怕不？”操着外地口音的主任边问我边在病历上写下“右眼内斜视矫正术”。

说不害怕，那是假话！可一想到这几年来我一直生活在打针、吃药，就连一些土方、偏方也未曾放过而无效的日子里，即便去了省城亦然！我还能犹豫什么呢?

“医生，我想问，是不是眼球拉正，就不会出现重影了？”我满怀希望地问道。

“那当然喽！”主任笑眯眯地答道。

啊！以后我挑水也能像三姐一样轻松迈步了，挑粪也不会摔到别人家田里了——因为，脚下不会再出现同样的两条路！

我，按捺不住心中的喜悦，欣喜地上了手术床。

当眼皮被撑开，看到针尖的那一刻，我不禁毛骨悚然——犹如 6 年前的那次银针治疗！

“别紧张，先给你注射一些麻药……”医生似乎察觉了我的异样。

“咔嚓咔嚓……”她们好像在剪断细线一样的东西……

刚才还呈正常颜色的物体慢慢地被红色所取代，一撮纱布像小鸟啄食一样有节奏地对着我的眼眶……她们不停地耳语着。

突然，一把汤匙似的工具罩住了眼球，顿时，漆黑一片，紧接着眼球剧烈胀痛……

我分明感到她们把眼球从内侧往外侧方向拉动。每拉一次，我就屏住呼吸并紧紧咬住牙关，忍住那种撕心裂肺般的疼痛……

整个过程连续用了 3 次麻药……

“这是我从医几十年来，在手术台上见到的年龄最小、最勇敢的病号，因为这种手术的疼痛就连成年人也难以忍受！”手术结束时，操外地口音的主刀主任人人喘了一口粗气：

“因为用的是局麻！”

一位护士则哽咽着附和道：

“这个男孩，确实勇敢，同我在部队医院见到的从前线抢救下来的战士一样坚强！”

其实，大家心里都明白，整个手术过程中我屏住呼吸、不哼一声，忍住疼痛流出的大量汗水里至少有一半是泪水……

手术室门外，家人正焦急地等待着……

我思恋故乡的小河

还有河边吱吱唱歌的水磨

噢妈妈

如果有一朵浪花向你微笑

那就是我？那就是我？那就是我

……

二姐夫背上右眼缠着纱布的我，走在闹市区三七南路上，过三七桥时，深情而刚毅的歌声随着湍急的河流咆哮着奔向血与火的边境，沁入每位祖国捍卫者的心脾……

7天后，拆完线，我平静地面对着，因为，没有出现期待的结果。虽然主任说内斜视及眼球外展均有改善，但我没有任何感觉，毕竟，重影仍旧……

— 27 —

“喜悦、兴奋、激动……这些字眼都不足以形容我此时的心情，我终于成为一名初中生了。”

“同学们，你们说开头的这段话怎么样？”张老师走进教室，翻出作文本，高兴地说道。

张老师，小学五年级担任我们班主任期间，教学成绩突出，所以直接调至初中部继续担任我们的班主任兼语文老师。

初中一年级第一节语文课，张老师便在黑板上写下：我成为了一名初中生，要求大家以此为题写一篇体裁不限、字数不限的作文。

一看到题目，我立刻联想到假期手术后我在《小说选刊》杂志里看到的一篇《我是大学生》的文章，开头便是“喜悦、兴奋、激动……”

我休过一次学，所以，我最担心害怕的就是休学！

每逢上课时，虽然我必须仰起头或任由右眼自然闭着方能看见黑板，但这5年不是已顺利走过了吗？……再说手术治疗都安排在了假期，因此，今天作为初中生的我，岂止是喜悦、兴奋、激动……

张老师对我的这篇作文评语是：内容丰富，真挚感人，发人深省。尤其是第一段仿写值得鼓励……

“告诉你们，我，是本校初中部老师中迄今为止的第一个大学生，毕业于睛明师专。喂！请大家注意：师专与师范不同，师专的全称是师范高等专科学校，虽为专科，但亦是大学，因为大学包括本科和专科；而师范的全称是师范学校，是中专。像这种由水沟公社小学附中变更为水沟区小学附中的学校，今后大学生老师会越来越多，别说民办老师和代课老师将被淘汰，就连一些中专生都要被我们这些大学生逐步取代……”

一位操着普通话、着西装戴领带、脚踏一双白球鞋的年轻俊俏男老师上第一节地理课时的开场白。

当然，第一次听到老师讲普通话，也是第一次看见老师着西装戴领带，全班同学心里无一不充满着新奇和惊奇——电影里才能见到的镜头如今却真真切切地走进了我们的生活！

其实，同学们都知道：这个具有大学专科文凭的老师讲出的话，是事实，但大家听起来就是不顺耳——因为列宁同志说“忘记过去就意味着背叛”，所以我和木通憋气得很，心里老是在想：怎样才能为之前和现在的老师打抱不平……

那学期期中地理考试，我得了个垫底成绩——9分，这，既是自然的也是必然的！还好，我各科成绩之和仍冒尖。

放学了，教室里只剩下我一个学生，因为，班主任张老师又把我留下了……

次日班会，张老师宣布了一个激动人心的喜讯：水沟区中学即将成立！

## — 28 —

水沟街角的下坡交叉路口处：右边汽车路通向县城，左边马车道通往2公里处的一个少数民族村子。

这个村子与决明家相似的地方是背靠树林，前挨那条自东向西的贯众河。

村子右侧是一个贫瘠的鸭蛋形山坡，坡顶上一座年代不算久的庙和其左前方的一棵百年“龙树”相伴，唯逢过年、“祭龙”等节庆活动时方改平日的凄凉景象。

如今，庙的右前方、“龙树”的左前方拔地而起一排呈弧形的崭新的砖木结构的平房。远远望去，如果把那庙、那树、那房用线连起来，恰好成为一个平行四边形。

水沟街，从街头一路走到街脚，拐向左边马车道，2公里后便接近平房，你会发现平房侧面那块面积最大的砖墙墙面上的“三七县水沟区中学”几个字耀眼夺目。

至此，水沟小学附中完成了她的历史使命，水沟中学开启了她的未来征程。

区小学与区中学正式分家，是水沟区教育史上的重要转折点，标志着教育改革迈上了一个新台阶！

贯众河的流水呼啸着走到村子及学校前面，冲刷着河岸边茂盛而锋利的野草，不禁令人如临深渊；但，河岸上高大而清秀的柳树，不论春夏秋冬，只要微风过处，便向路人扭动腰肢，是向人们鞠躬致敬还是展示苗条身段，让人莫衷一是。

那天放学后，我独自一人站在贯众河岸边，静静地看着这一切，心里想到我已做完第二次手术，刚拆线一周……

## — 29 —

那年的春节如期而至，犹如那条贯众河里的水流一样自东向西如约而来。

盼望过年的喜悦，依然如故。

大年初三，州府灵芝仍沉浸在节日的喜庆中。

一大早，晨雾刚刚散去，我迈着瑟瑟发抖的双腿紧随家人刚到医院门口——

“嘣！”火光一闪，一股火药味扑鼻而来——我过年才能穿上的新衣服顿时出现了一个“窟窿”！

几个拿着鞭炮穿着新运动服的大男孩一溜烟的工夫便消失了。

“小朋友，这是第二次也是最后一次手术……术后右眼就能像左眼一样睁得大大的……”主任语速很快，病历上被她娴熟地记下“右上眼睑提上睑肌缩短术”。

手术过程中，一幅幅画面交替着浮现在我的脑际：看电影时，在场子里：我，肆无忌惮；打篮球时，在球场上：我，游刃有余；上台领奖时，面对全校师生：我，抬头挺胸……这一切，均寄希望于这次手术！

手术，就在这样美好的遐想中结束，虽然也流下了泪和汗，但比起半年前那次，疼痛不是那么刻骨铭心！或许，我的年龄又增长了半岁；或许，这次手术的痛苦本来就小；或许……

拆线时，主任说，术后眼皮肿很正常，过些时日便会退去。至于其他症状，随着时间的推移会慢慢好起来的。

真的吗？开学后，我们就要搬到新学校上课了，我多么希望那一天早日到来啊！

## — 30 —

阳春三月，风和日丽。

蓝色的天空与绿色的树林交相辉映，水沟中学那排平房，置身其中，生机盎然。

我的右眼正如五官科主任所言，随着眼皮肿消，已然睁开了，但不论我如何用力，与大大的、圆圆的、眼球转动灵活的左眼实在无法相比！

世上无难事，只要肯登攀。

科学有险阻，苦战能过关。

课堂上，张老师正在耐心地一句一句讲解着。

而我却思绪万千——

几年来，我终于摆脱了吃药、打针的日子；直视前方时，我再也不用仰头或用手指拈起上眼皮了。虽然重影没有丝毫缓解，但我坚信主任的话：随着时间的推移会慢慢好起来的！

从学校回家的路上，看到地里一望无际的绿油油的庄稼，听着树上的鸟鸣声，我不由得加快了步子：赶紧到家，先把大石缸的水挑满，再把今天老师布置的作业完成。

## — 31 —

事情往往这样：不出意外，意外就要发生。

暖暖的太阳刚才还笑呵呵地看着大地，一顿饭的工夫便铁青着脸躲进了云雾里。

轰隆！这寒冬腊月的，居然下起了瓢泼大雨！

大雨过后，便是中雨转小雨，一直缠绵不停……

秋冬之交，我原本完好无缺的左眼咋就很累很累，尤其上眼皮酸涩、沉重，沉重、酸涩，更迭出现……

还好，终究撑到了考完试放寒假的那天。

仅仅就那么一夜，次日晨起——

左上眼皮居然耷拉下来，左眼球居然不情愿地藏到了眼眶内侧……

左眼，与右眼 8 年前第一次发生的症状竟然一模一样！

雪花不停地在灵芝县城上空飘落着，除了辨得清大街小巷的长短宽窄外，映入眼帘的便是白皑皑一片。

其实，城市公园里的花草树木及房前屋后树枝上的洁白，与农村广袤的田间地里山头上那厚重的纯白亦不相上下。

这就是瑞雪——上苍一年一度赐予大自然之福。

我睁着带有手术伤痕不算大的右眼，努力睁大新近耷拉着的左眼不知所措地看着五官科主任……

诊室窗外，树枝上的雪花堆积得越来越厚……

“医生，这究竟是什么病？为什么老是治愈不了？该不会从右眼转到左眼再做左眼的手术吧？”我强作镇静地问道。

“勇敢的……孩子，你不要……太难过，也不要……太紧张，先观察一段时间……再说……”五官科主任那双瞪得大大的眼睛里隐藏着几分惶恐。

“上天对他为什么这样不公平，不是不为他治疗啊！怎么越治越糟糕？连好眼睛也变成了这样……”家人急得流出了泪。

走在大街上，我愣是被夹着雪花的寒风吹了个正着——

我，越发感到是那样的寒冷，越发感到是那样的茫然……我不敢想象：快过年了，怎么面对小伙伴们？

泪，虽在我的眼圈里打着转，但，终未掉出眼眶一滴……

## — 32 —

春雨贵如油。

小雨从白天一直下到傍晚，淅淅沥沥。

河堤旁、田埂上的野草既柔软又坚硬，抬头挺胸、不卑不亢，犹如把悲伤与快乐融在一起、化为一体，或如泣如诉、或自言自语……

“黄芪，开学一个月了，你为什么课间休息还待在教室里？你原来不是这样的啊！走，今天必须和我们出去溜达溜达……”

不容置疑，我被木通、桃仁、悬枢他们“请”出了教室。

呵！嗅：教室外的空气多诱鼻；看：田地里的色彩多养眼；听：树林中的鸟叫声多悦耳。

“好吃得很，快尝尝！”大家像变魔术似的把刚从地里摘来的蚕豆递到了我的面前。

怎么会这样！今天的蚕豆居然变硬了，昨天的“蚕豆焖饭”吃起来还是软的嘛，难道是生蚕豆与熟蚕豆的缘故？

瞬间，我想起了寒假期间一个下午——

“三姐，这甘蔗硬得咬不动……”

三姐拿着她的那一截就咬了一口，啧啧嘴，道：

“看，随便用点力就可以，你是不是牙齿出问题了？”

我懵了：我的牙齿一向正常，怎么会出问题呢？

“当、当、当”上课钟声敲响后，和大伙一块走进教室的我无精打采。

“同学们，这两节语文课的时间，用来完成一个作文，题目是：我的理想……”张老师那犀利的目光扫遍全班同学后，最后落到我身上。

我却老是想着与蚕豆、甘蔗有关的问题……此时此刻，与大家在安静的教室里聚精会神谋划未来的情景有些背道而驰。

“4 月 22 号，我们班黄芪和隔壁班的苇根将代表水沟区到三七县文教局参加‘杏林省初二学生数学联赛’，这是我们省里组织的一次大赛……”班会上张老师宣布学校这个决定时，很严肃。

## — 33 —

“咚咚咚锵，咚咚咚锵，咚咚咚咚锵锵咚咚咚咚锵！”

“欢迎欢迎，热烈欢迎！”

“欢迎欢迎，热烈欢迎！”

“咚咚咚锵，咚咚咚锵，咚咚咚咚锵锵咚咚咚咚锵！”

水沟区广播站的高音喇叭反复播放着这首歌——

年轻的战友
再见吧再见吧
为保卫祖国离开了家
……
攀枝花英雄的花
不灭的火焰
胜利的火把
当你凯旋归来的时候
我们相会在攀枝花下
……

用松树临时搭成的凯旋门，上联：树理想献身四化，下联：学英雄赤胆报国。

一大早，水沟区委、区人民政府组织干部群众及水沟中、小学师生在黄泥巴和碎石铺成的通往县城的汽车路上列队迎接从前线凯旋的亲人解放军。

锣鼓声、鞭炮声、广播声、欢呼声……交织在一起。

当正义之师迈着整齐的步伐走来时，地上的黄土也跟着沸腾起来，使得整个水沟街的上空云雾缭绕，犹如人间仙境。

## — 34 —

“给你的压缩饼干还有吗？这是我们在前线打仗时的军需品、最好的口粮，好吃不？”一进门，年龄最小的解放军哥哥便关切地问我。他是山东人，今年 18 岁。

家里这次住了 16 个解放军官兵，其中年龄最大的那个是排长。

在他们到来之前，因为要求统一打地铺，所以勤劳的母亲早就把木楼上的房间和能住人的空间都收拾好了。

“三女儿已开学到县城读书了，家里只剩小儿子和我，可以多安排几个。”

水沟区和水沟大队领导看后连声赞到：“您老真是家窄人心宽呀！”

街坊邻居都知道，父亲曾是“边纵”老战士，大哥参军时我才半岁；家里还拥有“军属光荣”的匾牌呢！

晴明州在整个杏林省来说被界定为老、少、边、山、穷、战区。

作为长达10年的边境战区——

“一切为了前线，一切为了胜利！”

“新时期最可爱的人！”

“亏了我一个，幸福十亿人！”

“不怕苦，不怕死，不怕亏！”

“……”

这些口号，成为那些年的流行语。

《十五的月亮》

《望星空》

《血染的风采》

……

这些歌曲，从这里走向了全国。

三七县则是晴明州的“后方”县。这不，他们就是上周刚从前线换防下来到我们水沟区休整的某部英雄团。

## — 35 —

面对家里这么多人，努力睁眼时本来还可见一点缝隙的左眼，这下可好，上眼皮完全覆盖了下眼皮；本来不算内向的我，变成了一个不愿说话的人……

“大娘，小弟的左眼为啥睁不开？我带他去让我们的军医看看！”排长心直口快。

“我们野战部队的医生针对的是外科、骨科、皮肤科，尤其是以战伤、烧伤、颅脑外伤为主，对小朋友的这种病我们从未见过！但我们发现他的延髓肌有问题，已经影响到了说话、吃饭、吞咽！”

几位军医详细地询问了病史，认真地分析了我好好的左眼出的问题是否与两次右眼手术有关，细致地用眼科仪器为我做了检查，最后都很无奈。

压缩饼干，只要你嗅一嗅，就是一种享受！

暗淡的马灯灯光下，我把压缩饼干拿出来，用小洋刀慢慢地削成碎片放在碗里，加入开水搅拌均匀，用调羹一羹一羹地送入嘴里，托起下巴微微用劲，再慢慢咽下……呵，真香！

那段日子，我挑水的任务被取代了，因为家里那个大石缸的水总是满满的，家里及房前屋后总是干干净净的，就连后园自留地里栽种着的蔬菜也是清清爽爽的……

有解放军住着的人家被街坊邻居羡慕得要死。

那天，他们接到命令即将离别，母亲把亲手用家里那台“华南”牌缝纫机缝制好的鞋垫一一送到他们每个人的手里时，大家的双眼噙满了泪水……那个年龄最小的哥哥用颤抖的双手扶着我的肩膀，哭出了声……

## — 36 —

“16 分，这次省里数学联赛你考了 16 分！虽然这次你没拿到县上的名次，但也不是最后的几名，你带着这样的病体参加，已经很不容易了……”

面对班主任张老师的安慰，我禁不住别过头，硬是将流出的泪憋了回去……

“黄芪，放学了，你为什么不回家？你还在为上周那个分数着急吗？”木通友好地问道，“你究竟有什么心事？为什么总是一个人……”

我努力深深地吸了一口气，还是带着避不开的鼻音，故作镇静地对着他，说：

“谢谢……我没事……我想一个人……静一静……”

学校大门两旁凹凸不平的土堆里，清晨时原本精神抖擞的小草，被春末的晚风一吹，却是那样的脆弱，变得蔫头耷脑……

这几天，病症，在我的身上，演变得越来越严重——

吃饭时，上牙与下牙虽然能闭合，但无论怎么努力就是咬不动食物；

喝水时，水非但不往肚子里去，反从两个鼻孔流出；

说话时，不但吐字不清中兼杂鼻音，而且说话时间延长后声音逐渐低微、含糊不清，逢紧张或疲劳时一句完整的话甚至一个词语都很难说出。

整个面部就像被装在套子里——

紧绷绷的：不让你哭，也不让你笑……任凭你如何挣扎也无济于事……

近几天，病症，在我的身上，演变得越来越复杂——

吞咽困难，抬头无力，全身痿弱，跌倒后不易站立……

出现这些奇怪的症状难道是那两刀（两次眼部手术）惹的祸？

我只有努力克制着内心的恐慌，我无法也不想向家人诉说，因为，我已经长大了，多年来，为了我的“怪病”，家人付出的太多太多了，我只想一个人默默承受……

我，为了不让旁人觉察到，就只有尽量做到一个正常人的正常生活和学习……

为了填饱肚子——

吃饭时，我，只能用手托起下巴往上抬才能勉强咀嚼食物；

喝水时，我，只能用手摁住鼻孔再仰头而饮。

为了努力读书——

上课时，我，只能用手拈起上眼皮才能看清黑板；

说话时，我，只能用手堵住鼻孔才能缓缓而语。

为了避免跌倒——

走路时，我，只能尽量避开行人小心翼翼，踽踽而行。

为了避免尴尬——

人多时，我，只能尽量躲开众人，选择孤独……

## — 37 —

“春风又绿江南岸，明月何时照我还？”

木通用他那积攒多年的 10 元钱买的一辆“凤凰”牌二手载重自行车带上我往县城方向一边使劲地蹬着，一边急促地说道：

“我送你到县城车站坐上班车后赶紧去州府的大医院看看，我们等着你回来。”

随着自行车一颠一簸，我的头一直在上下晃动着，这是支撑头部的颈部力量正在逐渐减弱！

“休学手续我会帮你办，你真的不能再这样撑下去了……”离开张老师时，想起他那关切的目光和温暖的话语，我的双手不由自主地抓紧了车身……

这糟糕的病体再次逼迫我不得不第二次休学，这一去，不知道什么时候才能复学……

莫愁湖边走
春光满枝头
花儿含羞笑
碧水也温柔
……
啊莫愁啊莫愁
……
自古人生多风流
何须愁白少年头
啊莫愁啊莫愁
劝君莫忧愁
……

手提录音机的青年人，男的身着喇叭裤、女的穿着花裙子，迈步在大街上，与两侧行道树的枝叶、小卖部的商品相互衬托，尽显斑斓色彩，为初夏的州府灵芝增添了无穷的魅力。

晴明州立医院。

“我实在没办法了，真不知道他究竟得了啥病？再请部队医院的专家来会诊。哦！对了，顺便请一下卫校的老师！”

之前为我做过两次手术的那位五官科主任焦急地安排着……

# — 38 —

“患者上睑下垂，如果排除眼科疾病，好像有一个病，叫什么来着？忘了。我回去查查资料再说。对了，可到我们医院去……”

看到来自不同医院的专家面面相觑，卫校校长小心翼翼的发言打破了这死一般的沉寂。

晴明州卫生学校附属医院。

“肌注新斯的明注射液，看看 20 到 30 分钟他的上眼皮会不会抬上去？抬上去，这个病就有可能是‘重症肌无力’！”校长交代身边的几位医护人员。

“什么？这个病我们怎么从未听说过？”众人很惊愕。

“别说你们，就连我……唉！如果真是这个病，他就应该是我们晴明州的第一例！”

“有什么感觉？小朋友，别用手，自己用力睁开眼睛看看……”

“别紧张，别紧张！不管最后下的诊断是什么病！”我在心里不断地告诉自己。

“心慌，出汗，流涎，肌肉跳动，恶心欲呕，肠鸣音亢进，腹泻……”对照医生讲的新斯的明注射液“不良反应”，哎呀！真的出现了这些症状，赶紧找厕所！

真神奇！不但眼皮抬上去了，就连说话、咀嚼、吞咽都基本正常了！这位校长真乃神医也！

“重症肌无力这个病，那是二十多年前的事了，我上的是远志医学院，毕业临床实习时分在杏林省立医院，就只见过一例，当时的带教老师说，此病常被漏诊，误诊误治就更多了，而且属国内外难治之症……”

校长虽神情激动但又忧心忡忡地说道。

岂料，症状改善才几个小时又复原了！

“小朋友，别难过！毕竟这么多年你都挺过来了，最起码病情已明确。”校长耐心地安慰我。

8 年，整整 8 年！

虽然，罩在身上 8 年的“怪病”阴影消失了！

虽然，8 年来的日日夜夜等的就是这一天！

但是，希望与失望为什么总是这样交替着：希望总在睡梦中，失望却在现实里？

## — 39 —

“我在朦胧中，眼前展开一片海边碧绿的沙地来，上面深蓝的天空中挂着一轮金黄的圆月。我想：希望本是无所谓有，无所谓无的。这正如地上的路，其实地上本没有路，走的人多了，也便成了路。”

我躺在睛明州卫生学校附属医院住院部的病床上，一边输液，一边读着鲁迅先生的《故乡》。

“我们会查阅资料为你制定一套中西医结合的治疗方案，具体来说就是打针输液喝中药再配上针灸综合治疗。”入院时，医生对我说。

“医生，不做……眼睛的……手术吧？”一想到那两次刻骨铭心的手术，我便显得支支吾吾，不只是胆怯。

“放心吧！不做手术！”医生很干脆。

与附属医院一墙之隔的学校，我早就目睹耳闻。

学校大门两侧厚实的水泥墙面上——

左侧是毛泽东同志的题词“救死扶伤，实行革命的人道主义”；

右侧是邓小平同志的题词“教育要面向现代化，面向世界，面向未来”。

两者交相辉映，使大门正上方的“睛明州卫生学校”几个红色楷体字更加熠熠生辉！

我艰难地拖着沉重的双腿在校园里闲逛——

除了教学楼、办公楼，树木、花草，还有电影里才能见到的运动场。

呵，好大的学校！

“中草药圃”两旁泛黄的墙上——

“把医疗卫生工作的重点放到农村去”；

“中国医药学是一个伟大的宝库，应当努力发掘，加以提高”。

多么让人倍感亲切！

还有——

黑板报上那些密密麻麻的医学名词，教室里挂在墙上那些工工整整的医学解剖图，校园里穿着白大褂来来往往的那些医学生……

多么令人耳目一新！

此时此刻，我沉重的双腿变得轻松多了。

## — 40 —

再见吧妈妈
再见吧妈妈
军号已吹响
钢枪已擦亮
行装已背好
部队要出发
你不要悄悄地流泪
你不要把儿牵挂
当我从战场上凯旋归来
再来看望亲爱的妈妈
当我从战场上凯旋归来
再来看望幸福的妈妈
啊啊
我为妈妈擦去泪花
……

我躺在杏林省立医院的病床上，静静地欣赏着——那是旁边病友收音机里飘出来的歌声。

“我们省级几家医院专家会诊意见：①重症肌无力（全身型），②肌无力危象。鉴于患者随时有生命危险，所以必须马上住院进行系统规范的治疗……”医生把住院证交给了不善言辞的父亲。

父亲在我的病床旁，双手捏着一张纸，局促不安地看看我又看看窗外……

我用力掰开父亲的双手——

病危通知书！

几个字瞬间跃入了我的视线！

再看看父亲那满是老茧的掌心，本来不算热的天却被汗水浸湿了。

“我没有问题的，这不是好好的吗？”我忙安慰父亲。

此时，老实巴交的父亲，更是心神不安。

我没有理由不保持平静：虽然晴明州卫校已为我确诊并在其附属医院治疗了一个多月，但未控制住病情。

我没有理由不保持淡定：父亲从借钱，低价变卖家里那套大马车，到带我上省城的大医院治疗就丝毫未犹豫过。

我没有理由不保持坦然：因为，我这几年不都是这样过来的吗？所以，我一定会配合好医生的治疗！

## — 41 —

医生要求我绝对卧床休息。予溴吡斯的明（每片 60mg）1 片 / 次，4 次 / 日和溴化新斯的明（每片 15mg）1 片 / 次，3 次 / 日，均于饭前半小时口服，间断吸氧等治疗并密切观察生命体征、病情变化，尤其是吞咽、呼吸困难等危象发生时应对的抢救方案。

几次小抢救均告成功！

哈哈！一周后上睑下垂，咀嚼、吞咽、呼吸困难已经有了不同程度的缓解。我心里别提有多高兴：如此下去，应该在短期内就会好了，就可以重回学校上学了！

医院管理很严格，每天就吃饭的时候我才能见到父亲。他住的地方在医院大门正对面小巷子里的国营小旅社——正气旅社。

这两周来，我饭量大增，中餐和晚餐都有一份猪肉凉片，父亲看见我吃饭几乎不用手托下巴就能慢慢咀嚼并顺利吞下肚时，原来紧锁着的眉头也慢慢地舒展开来。

一天中午，邻床病友家属瞟了瞟父亲给我送完饭离开的背影，悄悄告诉我：

“你父亲在国营饭店买的猪肉凉片不是他跟你说的 2 角而是 4 角，他每顿只吃一碗 5 分的豆浆和一根 5 分的油条。我问他为什么这样？他说他每晚的住宿费就需要 6 角……”

我心里“咯噔”一下！

顿时，泪像断了线的珠子似的一颗接着一颗顺着脸颊流了下来……宋·王令的几句诗不禁从心头涌了上来。

清风无力屠得热，
落日着翅飞上山。
人固已惧江海竭，
天岂不惜河汉干？

7 月末的这几天，恐怕就是远志——杏林省城最热的时候了。

住院一个多月，奇怪的事又发生了——

疗效不但没有我想象的那样理想，而且服药后的效果远远不如治疗初的第一周!

“他已经创造了生命的奇迹，患病8年来一直误诊误治，再加上不该做的那两次手术，使得该病发展得如此迅速，以致到了最严重的地步……现在虽然抢救过来，但必须终身服用新斯的明类药物。因为国内外都没有根治的好方法，加上他又随时有生命危险，所以还能活5年？还是10年？谁也说不准……”

透过虚掩着的门缝，我看清了说话的人正是我的主管医师，而听众则只有我的父亲一人!

如果没有生命危险，难道，我做患者，还要做一辈子吗?

疲惫不堪的父亲见到我时，和善又粗糙的脸上有几滴不易察觉的泪，充满了苦涩……

我装作什么也没看见，什么也没听到，反而主动要和父亲一起上街。

远志市红旗百货商店里，商品琳琅满目，我却径直朝服装柜走去，怔怔地盯着一件我曾经饱过两次眼福，但从未向父亲开过口的米黄色小西装!

父亲很快就明白了我的心思，他用微微颤抖的双手从衣袋里摸出带有体温且皱巴巴的零钱一小张一小张递出去的时候，我分明看到他的眼睛湿润了……

## — 42 —

远志市东方红广场上，人头攒动，熙熙攘攘，热闹非凡。

那些美丽的花草树木，我无暇顾及；那些高大雄伟的建筑群，我没有闲情逸致去观赏。我，漫无目的，只想去消磨这些百无聊赖的时光，以便打发掉沉积在内心深处的痛苦。

“野火烧不尽，春风吹又生。”

8 年来，未确诊的疾病一直伴随着我坎坎坷坷地走到了今天！现在疾病已被确诊并接受了正规治疗，虽然医生说难治，但难治并不等于不能治吧？再说，医生不是说我能创造生命的奇迹吗？既然活着，我就要好好地活下去，我要继续创造生命的奇迹……

“长风破浪会有时，直挂云帆济沧海。”

一个旧书摊，上面堆满了杂七杂八的小说、杂志、小画书，还有《杏林日报》《远志晚报》。

看到杂志类里有与疾病、健康相关的，我便有些兴奋。

匆匆一瞥，一本《大众医学》杂志，1983 年的，懒洋洋地待在一个醒目的位置上，我便信手翻开——

突然，一篇《重症肌无力是可以治好的》，上海眼病防治所陈贯一先生撰写的文章，瞬间映入我的眼帘！

喜不自禁、激动不已、心潮澎湃……这些成语好像懂我似的，飞快跳进我心间。

来不及与书商讨价还价，我就将它紧紧地抱入怀里带回了医院。

捧着这篇文章，我认认真真地逐段、逐句、逐字，连标点符号都未放过地读了一遍又一遍。

这是中医药治疗重症肌无力的方法，同时附上了患者治疗前后的照片。

这个小患者，治疗前的眼睛多像我呀，而治愈后的眼睛多漂亮呀！

啊？中医药原来这么神奇！

从那时起，我懵懵懂懂地认识了补中益气汤、八珍汤、六味地黄丸等中医药名词。

也就是从那时起，我朦朦胧胧地产生了一个天真的幻想：中医药一定能够治好我的病！

那晚，我失眠了，就像在大海里迷失方向对生命产生绝望时突然间抓到救命稻草的那个人一样，心中又慢慢地升发起自信的力量……

第二天，我和父亲平静地办理了出院手续。

“别有幽愁暗恨生，此时无声胜有声。”

我和父亲坐在回家的班车上，繁华喧嚣的省城离我们越来越远，我在心里，却默默地念叨着中医药——

**当归·远志**

童参罹患朴消啃，
知母悲泣漏芦声。
神砂察疾天冬恩，
当归眦泪生地撑。

苦楝泯笑续断生，
龙骨沧浪虎杖纷。
菊花情愁黄芪奔，
远志梦缘重楼登。

## — 43 —

9 月 1 日，又是一年开学季。

“我还是和同学们直接升初三吧，这次休学才半年，能不再降级多好，因为我的年龄……”我向张老师央求道。

“好！凭你的基础缺一个学期的知识没问题，你就直接升初三，上高中，考大学！虽说你没有初二下学期的成绩，但我已帮你办了相关手续，还有，我继续带着你们班直到毕业！”想不到张老师很爽快。

有人说，我这种情况应视为跳级；也有人说，充其量算是小跳级。

跳级或是小跳级，都不重要，只要能和同班同学正常升级就好。不然又要虚度光阴一年，掉队整整一年。

想想这几年与病与医有关的事，总是会勾起我那五味杂陈的回忆。

腾地，跃然浮现在眼前的，又是我躺在杏林省立医院病床上的一幕——

双手捧着张老师的来信，读到“你的病既然已经被诊断得一清二楚，你就要积极配合医生的治疗，只有身体好，才能更好地读书……”时，我喉咙一紧，梗了一下，似咽中有异物：咯之不出、咽之不下，眼泪“哗”地就下来了，浑身震颤着……

“太高兴了！黄芪又可以和我们在一个班……”听到木通的欢呼声及同学们的热闹劲儿，我激动得使劲昂起了头！

打开分别半年的教室窗户，一丝凉风带着淡淡的忧伤从不远处迎面吹来……

生物课本里“适者生存，不适者被淘汰”的景象老是在我眼前晃悠，不免心生凄凉。

傍晚，校园周边田地里生长得慢一点的庄稼踌躇满志地一波又一波呈现出金色的画卷，煞是好看。

## — 44 —

几年前大哥从睛明州糖厂调到睛明州制药厂，就是靠这个便利，他才能把睛明州医药公司的仓库翻了个遍，买到仅有的20瓶溴化新斯的明片及10盒甲硫酸新斯的明注射液；同时，我又从邮电所汇款到上海第七制药厂购到20瓶吡啶斯的明片。

想不到，这些新斯的明类药物，竟成了我今后几年的生命口粮。

用了新斯的明类药物，仍须拈起上睑方能直视，托起下巴方能咀嚼，摁住鼻腔方能饮水，也算控制了病情；这样的日子过得虽显“尴尬”，但能继续读书，我也满足了。

少壮不努力，老大徒伤悲。

万般皆下品，唯有读书高。

初中毕业考中师，虽不易，但可改变命运，几乎成为那个年代每个农家子弟的首选。

若考上，便是跳出“农门”，成教师，端“铁饭碗”，吃“国家粮”。那可是一件为父母争气、光宗耀祖的大事、喜事。

可我，却犹豫了……

因为那本《大众医学》杂志上刊登的那篇文章——《重症肌无力是可以治好的》，所以我想当医生，尤其是中医医生。

但在那几年，要实现这个梦想，必须上高中，参加高考……

张老师始终认为我是考大学的苗子，他做通了我父母的工作。

## — 45 —

20 世纪 80 年代中期。

那年头，在中考前就得填报两个志愿，第一志愿：中师，第二志愿：高中。先录取中师，再录取高中。

基础一般的读高中虽无缘大学，但玩命学的也有可能上中专。

我同学枳椇子的那对双胞胎哥哥就是三年前同时上的高中，叫枳实的因为学习踏实，使劲拼，高中三年后考取杏林省银行学校，两年中专毕业后就成了一家银行职员；叫枳壳的因为学习浮躁，玩心大，拿了高中毕业证书就回家务农了。至于枳椇子本人，上初二时染上酒瘾便辍学了，成了一个彻头彻尾的酒鬼和骗子。枳椇子，中药名，又称拐枣，据说能解酒哩。

张老师反复强调，人若染上陋习，便会集懒、馋、贪、占为一身。

“黄芪，考得怎样？”

“谢谢张老师！还顺利！”我用自信回答了张老师的关心与期待！

“你只能填报高中，这是第一也是唯一志愿，我再给你把把关！”

之前，我就在第一、第二志愿栏内都只填了“高中”。

“黄芪，我们水沟区上中师线的有 3 人，你名列榜首！”

“谢谢张老师！”我用实际成绩回报了张老师的厚爱与培养！

“现在我可以告诉你了，中考前隔壁班的班主任就和我打赌说第一名绝对在他们班……呵呵，现在好了，我悬着的心终于放下了……”张老师如释重负。

哦，原来还有这事？呵，要是考前张老师就给我压力，怕是不会发挥得如此正常。虽被吓了一跳，但着实让我真切体会到了张老师的良苦用心与处事不惊。

回家的路上，我脚力突增，走得飞快。

## — 46 —

“你知道全县第一名考了多少？以你这分数上高中，三年后能不能考取大学还是未知数！”

本想得到表扬，万万没想到，父亲撂下的竟然是这席话！

失控的我，用手砸向摆在桌上的一盒新斯的明注射液，转身用头撞向土基墙壁，哭了……手掌心有几滴鲜血，是碎玻璃刺破的……

“在家，你不得了啦；出门，你就是个‘门槛猴’。说你一句都说不得！”父亲依然淡漠，还冷不丁冒出一句。

是的，在外面，像亲戚、街坊邻居家办“红白事”的客，虽菜多可饱口福，但我也畏畏缩缩。哪怕偶尔去，见到人多，便会紧张，总是往后退。

而我这火暴脾气，也许是天生的原因有之，患病的原因亦有之？可是没有谁天生就爱发火，也没有谁天生就愿意生病哪！

看来，父亲心里终究是迈不过这道坎儿：我避开中师而选择高中！

前些日子，大哥知道了我的志愿后也很顾虑：城里人考上大学的都寥寥无几，何况农村的？

是的，就连二姐担任班主任的桑枝区中学第一名也是桑枝区第一名，其分数亦在我之上许多，也未放弃就读中师而去了省城的远志师范学校。

9 年，我患病已整整 9 年，看到因为长年肩扛背驮大麻袋或搬动大石头上下大马车，58 岁父亲的腰脊已经变得有些像月牙时，突然间，我止住了哭泣……

我知道，家人对我除了担心，还是不放心……

“风声雨声读书声声声入耳，家事国事天下事事事关心。”

重温张老师的讲解，我陷入了沉思并坚信：有梦想，才会有力量。

## — 47 —

那天，我起了个大早，高兴地骑上父亲花了 50 元专门为我准备的一辆崭新的“山川”牌载重自行车，同考上高中的郁李仁一起往20公里外的县城山楂奔去。

三七县第一中学，简称：三七县一中。

来不及熟悉这个陌生的环境。

我们径直朝人多的地方走去，急迫地盯着黑板——高一年级新生分班名单表。

黄芪：一班！

“哈哈！放心了！终于放心了！”我难掩内心的激动。

“你分在哪班？”退出拥挤的人群，我问郁李仁。

“四班。”郁李仁虽是个性格内向的人，也表露出了满意。

三七县辖11个区和1个镇，其中这个镇就是县城所在地的山楂镇。

12个区（镇）中，只有三七县一中和三七县二中设高中部；其他区（镇）中学只设初中部，就连县城眼皮底下的山楂镇中学亦如此。

三七县一中，是全县的重点中学，初中部和高中部的教学质量皆名列前茅，历届中考、高考成绩几乎囊括全县前十名。

三七县二中即花椒区中学虽设有高中部，但有志于考大学者都以就读于三七县一中为目标。

三七县一中高中部，每年招收4个班，其中一班是重点班，高分段的优质生源都集中在这个班，放弃中师而选择上高中者必然名列其中。

其他的不重要，重要的是一班永远都是重点班。

看到新生报到处人头攒动，我便转身先去离学校3公里处的老叔家报喜。

## — 48 —

“因为你在小学、初中都是副班长兼学习委员，所以我把你从重点班要来我们班当班长……”

我猛地抬起头，使劲睁着眼睛看着三班的班主任徐长卿老师，既惊悸不安又不知所措。

“今后，你大学毕业进入社会，在单位大小是个领导，我今天就先给你在这个岗位上锻炼锻炼，到时候你会理解和感谢我的！”着一件黑色毛呢中山装，相貌堂堂近50岁的徐长卿老师以不容抗拒的口吻继续说道。

“我，哎……”我嗫嚅着。

当我再次猛抬头与从墨绿色近视变色眼镜片后流露出的那双刚毅的眼神交汇在一起时——

我脑袋一胀，顿时心里发麻，忍住了想说出的话。

哎，为了大学梦我来到这里，怎么才一夜间就与重点班无缘？

唉！为了大学梦我来到这里，就是要抛开一切烦心事，为什么又要叫我当班长呢？

这是为什么？这究竟是为什么？

哎，为了大学梦我来到这里，面对陌生的老师及陌生的同学……我又不得不隐瞒病情……

## — 49 —

“甲种本！我们也是甲种本！”

新书发到手，大家都乐呵呵的！

按惯例，重点班教材必须使用甲种本，而普通班一般选用乙种本。

“同学们，你们真有福气，教你们的就是今年才送走高三的老师。刚毕业的这届高考创本校本县历史新高：录取率名列全州第三，而重点班全县第一的胖大海同学，别看他个头瘦小，这次竟然夺得了全州第二，实现了到上海读重点院校的梦想！嘻，还可常常去见识见识真正的大海……”

听着校长在新生开学典礼上热情高涨的讲话，同学们无不欢欣鼓舞。

除了教数学的老师外，其余担任主科教学任务的老师均负责重点班和我们班……知道了这一切，我才有了些许安慰。

教物理的班主任徐长卿老师和教英语的蔓荆老师是20世纪60年代初毕业于远志师范学院物理系和英语系的本科大学生，是教育战线上的优秀伉俪。

“我们班50名，巧了，按高中编班排序就是这个数字。不管是县城的还是农村的，大家都要互相关心，互相帮助，不要为我们这个班集体丢脸。”

听着徐长卿老师在班会上的第一次讲话，大家很安静。

“以后的班会我这个班主任一般不参加，主要由班长来主持……”

大家更加安静，就连一根针掉地都能听见。

我不由得倒吸了口凉气，转瞬便是窒息感……

# — 50 —

“《立体几何》第一节课，我们要明确第一个问题：平面的概念……”西装头配咖啡色夹克上衣的石韦老师充满青春活力地讲道。

“请问石韦老师，天空是平面吗？”我一顾名思义就激动，便举手。

“是平面，”石韦老师随口答道，又随即否定，

“不是平面！”

“书上是这样说的：平面的概念是无限延伸的。因为天空是看不到边际的，也就是说是一个无限延伸的概念，当然看上去不是水平面而像锅底……”我脱口而出。

“是平面？哦，应该也不是平面？但是，不管怎样，你的思考很新颖，值得肯定！”石韦老师笑了。

石韦老师是睛明师专数学系的优秀毕业生，他同时教四班的数学并任该班班主任。

“黄芪，今天下午放学后你替我去教务处参加班主任会议！”物理课后，徐长卿老师把我留下，不由分说地下达了任务。

“班主任会议？”

“这次我没空，以后是偶尔！”

“啊？”

“啊什么，另外，你对班里同学有请事假、病假15天的权限！”

我还想开口，又开不了口，只任凭心里的那个急“完了，

这次算是完了”在摆布。

“尊师重教是中国的优良传统，这是建国以来的第一个教师节，大家要……”班会上，徐长卿老师撂下话便走了。

按照徐长卿老师的要求，我向同学们布置任务后，留下班委，就分工协作事宜再细化。

一折腾，才发现事儿真多，唉！这班长还真不好当，也还好有收获，那就是对“事无巨细”有了新认识。

## — 51 —

那年的 9 月 10 日。

东方尚未露出鱼肚白，宽阔的操场上黑压压的一片人群已排成纵队。

对着主席台正中片区的是全校教师，其左侧片区系高中部，初中部则居其右侧片区。

老师们都身着崭新的银灰色西服套装配黑色皮鞋；男老师内搭白衬衣系红色领带，女老师内搭白衬衣系红色蝴蝶结。

每位老师脸上都洋溢着幸福的微笑。

城里同学大都穿上了心爱的蓝色运动服，农村同学也穿来了只有过节才能穿的衣服。

每个同学内心都在为“传道授业解惑”的“人类灵魂工程师”送上满满的祝福！

下午的庆典活动正在进行中。

从初中部挑选组成的旗手队和鼓号队排在第一，依次由学校领导和教师方队、高中部方队、初中部方队组成游行庆典队伍，井然有序地从县一中出发，沿着5公里的柏油路经县一小、县教委至丁字路口正对面的县委，右转至主大街，经县公安局、县百货公司，右转上坡至县人民政府，经县大旅社、山楂镇人民政府，左拐通往省外的国道至县汽车站止。

长期驻守在城郊的某部炮团、兵站的解放军，及临时驻扎在城区的某部“两山”轮战部队的代表也迈着雄壮的步伐参与到游行庆典活动中来。

夕阳恋恋不舍地离开了，沸腾了一天的城市又恢复了平日的宁静。

从那时起，教师头上“臭老九”的帽子被彻底摘掉，“臭老九”的命运也被彻底改变！

整个社会，“尊师重教”蔚然成风。

两年后，党的十三大正式提出了“百年大计，教育为本”。

## — 52 —

“有体育竞技项目的就报，没有的不苛求。你们的主要任务还是读书，上高中的目的是考大学、考中专，实在考不上就顺利把高中毕业证书拿到手，城镇人口（吃‘国家粮’的人口）可以考干（部）考工（人），农业人口去当兵（参军）也是很有前途的嘛！我不想见到你们都是‘脓包’！否则你们怎么对得起自己的父母？”

全校一年一度的冬季运动会即将召开，徐长卿老师在班会上继续讲：

“我不想培养‘头脑简单，四肢发达’的人，体育成绩不要求你们拿第一，但也不能丢我的脸！”

徐长卿老师离开教室后，大家众说纷纭……

乍一听，气不顺；细一想，实在话。

“三好学生”指品德好、学习好、身体好，而身体好实质上就是体育好。“三好学生”分校级、县级、州级乃至省级。若获得省级，那可是件很牛的事——高考成绩加 10 分！

小学至今，我与“三好学生”无缘，哪怕是校级。

只要提及“体育”二字，我便心虚胆怯，但对体育健儿，又总是投去羡慕的目光！

徐长卿老师这番话，说到了我的心坎上，如曲解为是对体育运动的亵渎，那你可能脑子进水了；如断章取义为“四肢发达”的人就是“头脑简单”的人，那你可能脑子抽风了。

老师，谁不希望自己的学生个个是“三好学生”？作为班主任的徐长卿老师，也不例外。只要学习好，哪怕体育差些，那又如何？高考，要的是哪种分数？不言而喻！对大家，起码灌输了一个只有读书才能改变命运这一浅显易懂的道理！

自 1977 年恢复高考以来，中国现代数学之父华罗庚的榜样力量，陈景润与“哥德巴赫猜想”的事迹一直激励着社会各界仁人志士。

“学好数理化，走遍天下都不怕”是那些年校园学子的时髦口号。

作为班长，我说“同学们，为了不丢班主任的脸，我们必须全力以赴，有项目的积极努力，没项目的当好啦啦队呐喊助威！”

## — 53 —

高二年级第一学期开学第一天。

早操后，我让全班同学留下，说：

“昨晚，徐长卿老师让我通知大家，蔓荆老师工作调动需要搬东西，请同学们利用早自习及上午第一、二节物理课的时间去帮忙。”

大家都带着情绪，说：

“不去，不去，我们是‘脓包’……”

我晓之以理、动之以情，仍未奏效。

看着时间在流逝，我严厉道：

“是班委的站出来！”

“是团员的站出来！”

嚯哈，全班 50 名，个个是团员，所以这招真管用！

一辆身披绿色帆布的“解放”牌卡车占据了学校大门口。

大家七手八脚先搬屋里大样的衣柜、书柜、木床等，再搬小样的锅碗瓢盆、铺盖行李、书籍等。

两小时的工夫，就塞满了车子。

“同学们喝点水，我代表蔓荆老师谢谢你们！”

能看到徐长卿老师露笑脸，是一件十分奢侈的事。

突然间，大家心情竟畅快多了……

至此，我们才知道：三七县委、县政府为了挽留教育人才，像徐长卿老师和蔓荆老师这样的 20 世纪 60 年代初大学毕业就分配到三七县一中奉献青春 20 余年，为三七县的教育事业做出突出贡献的优秀老师，组织才不愿意他们调出呢！

上个假期，从桑枝区中学调至水沟区中学任教的二姐还跟我说起，两位老师也是她在三七县一中上高中时教过她的好老师呢！

但我们也知道，蔓荆老师好不容易调走了，徐长卿老师也会很快调走的。

可能因为调动事宜，徐长卿老师把一些烦恼、烦心又烦人的情绪带到了工作中。

此时的我，竟然产生了一种不舍的情绪、一种莫名的惆怅……

## — 54 —

我们高一的语文老师葛根是本校教研组组长，已调至睛明州师范学校，接任者马老师，来自三七县二中高中部。

马老师与葛根老师一样，都身材魁梧，亦是原校语文教研组组长。

马老师、葛根老师、徐长卿老师和蔓荆老师皆为同龄人，都是那个年代的教学“大佬”。

“同学们，高考语文总分120分，其中作文60分，所以大家平时要多阅读，多收集素材，多训练。现在，为向国庆献礼，以“超越自我”为题，请大家联系实际，写一篇议论文。”马老师笑逐颜开地布置着。

送战友

踏征程

默默无语两眼泪
耳边想起驼铃声
路漫漫
雾蒙蒙
革命生涯常分手
一样分别两样情
战友啊战友
亲爱的弟兄
……

《便衣警察》的歌声瞬间淌入我的脑际，三七县公安局缉毒英雄陈皮警官为民除暴安良的英雄事迹，“两山”防御作战部队为保家卫国而英勇献身的崇高精神……一件件撼动灵魂的事例信手拈来……他们的壮举，他们的事迹，他们的精神……无不就是真真实实的“超越自我”！

感情的闸门一旦打开，洋洋洒洒3000字便跃然纸上。

“黄芪同学这篇文章，感人肺腑、催人奋进，以实例为论据烘托和凝练出为推进改革开放构建外部和平环境及内部平安环境而光荣献身的伟大精神；论证了用伟大精神唤醒和激发全社会团结奋进，用伟大精神引领和激励学子们设计人生旅程，书写爱国情怀来点明主题：超越自我，实现梦想……”马老师在次周的语文课上喜形于色地点评着。

临近文理分科，究竟选文还是选理，很是伤脑筋，有以成就事业为目的而选，有从个人兴趣爱好角度出发而择，也有读文读理顺其自然无所谓者。总之，犹豫不定者，众多也。

于我，很单纯，必然是理科，只因从医梦，而唯有理科生方可报考医学院校。仅此而已。

马老师，一直动员我选文读文报考文史类，说，今后：进，先做记者发新闻，再做编辑当作家，说不定哪天祖坟冒青烟还可做官为人民服务；退，做老师教书育人桃李满天下……这就叫进退自如。

他的幺儿，在我毕业的前一年考上了中央民族学院新闻系，毕业后被分配到西部一家省报，从记者干起，几年后，声名鹊起，以人才引进方式到了南方一家资深媒体做起了大记者，又是几年后，事业如日中天，学优而仕，被任用为当地党委宣传部常务副部长。当然，这是后话。

面对最值得信赖的马老师，我几经犹豫，难吐心声，若失言，怕出错，后果难料，便不发一言，仅以颔首代之。

## — 55 —

“高二上学期结束就分文、理科，照旧 4 个班，只有三班是文科班，一班、二班及四班均为理科班。请同学们做好分科前的准备，但是，理科重点班即一班要靠分数说话……”离期末考试还有 1 个月，徐长卿老师在班会上告诫大家。

我主持的班委会，做出两个决定——

一、用班费购买水壶、脸盆各 1 个代表全班同学赠徐长卿老师；用班费购买影集 1 本并支付全班同学与徐长卿老师合影照费用，其中彩色照 1 张、黑白照 1 张，在黑白照右上角印上我酝酿已久的 12 个字：留下今日一瞥，献给未来回忆。

二、每个同学到照相馆自费拍 1 张彩色照或黑白照交班委统一装嵌于影集赠徐长卿老师。

看到合影照中徐长卿老师嘴角绽放出的那丝不易察觉的笑容时，我们班委觉得值了，全班同学也都觉得值了……

期末考完试的当晚。

二班男生宿舍门前。

火麻仁，穿着旧军装，留着小胡子，头发长长的，把双耳、脖子都遮住了，模仿着“齐秦”从头到脚不断晃动，弹着吉他，大声嘶吼：

我是一匹来自北方的狼
走在无垠的旷野中
凄厉的北风吹过
漫漫的黄沙掠过
……
我只有咬着冷冷的牙
报以两声长啸
不为别的
只为那传说中美丽的草原
……

4 个男生宿舍的同学纷纷跑出来，把火麻仁围在中间……吼至激动处，捶胸顿足，眼里满是火焰，似乎与这个冬天有些不合时宜；喉咙沙哑后，大家又合着火麻仁娴熟的吉他声唱起了《月亮走我也走》《十五的月亮》《望星空》……最后一首《血染的风采》再次将同学们的激情演绎到了极致。

# — 56 —

高二年级下学期开学了。

我选择理科，如愿以偿地分在了重点班。

教化学的班主任茨实老师宣布我任副班长。

开学几天了，还没见到徐长卿老师。

原来，他在假期里就悄无声息地调走了……

给我们原三班留下了一段难以言说的回忆，也给我留下了一份尴尬而美好的印记……

蔓荆老师只教了我们一年，就是高一那年。她调走后的那个暑期，睛明州教委就下发通知高二上学期举行全州英语竞赛。

商陆老师一报到，就欣然领受了这个任务。

学校教务处研究决定，由我和本班金樱及重点班的两人组成备战小组。

我们每天都在课余时间专门“吃”商陆老师为我们开的“小灶”。

商陆老师虽毕业于睛明师专，但他的教学能力和水平一点都不比蔓荆老师差。

他比石韦老师长两岁，却是一个琴棋书画样样精通，浑身上下都允满干劲的人，而且是在本校倡导讲普通话的第一人。

说到这里，不禁让我回想起高二上学期第一节英语课，他的开场白：

“我是从睛明州最大的一个县的县一中调来的，是来接替蔓荆老师的。我姓商，商人的商；名陆，大陆的陆……”

除了平头发型外，商陆老师健壮的体魄，稍矮胖的身材，合体的直领夹克上衣，形象气质酷似“陈真”。他目光炯炯有神地盯着我们，普通话里带着一丝磁性。

一下课，他刚离开教室，调皮捣蛋的几个城里同学便手舞足蹈地边敲着课桌，边唱着《大号是中华》，紧接着，又有若干人加入，神情凝重地唱起：

浪奔浪流
万里滔滔江水永不休
淘尽了世间事
混作滔滔一片潮流
是喜是愁
浪里分不清欢笑悲忧
成功失败
浪里看不出有未有
爱你恨你问君知否
……

— 57 —

分科前的重点班与分科后的重点班，最大的共同点就是学习氛围极为浓厚。

这次我以全年级第二名的成绩“回”到重点班，回想起一年半前的中考成绩，心里就乐滋滋的。当时全县前三名虽赴晴明州一中就读，但余下的高分者，及全县经济发达、人口众多的那两个区的第一名均聚集于重点班，可谓人才济济。而以我那点仅上了中师线的分数，在重点班恐怕只能位居中间。

来自花椒区的第一名砂仁是个化学天才，在墨蓝色运动服的衬托下，球场上他那高大威猛踢足球的身影、教室里乐此不疲做功课的背影……总是给人留下深刻印象，令我羡慕不已。

他，一直担任着重点班的学习委员。

高二下学期化学智力竞赛，我和砂仁、细辛、吴萸代表重点班与另外两个理科班各推选出的 4 名选手参加竞赛。

整个过程，瞬间结束。

大部分选手除了紧张，就是无序。

有些题，我懵懵懂懂以至于答非所问。

“重点班荣获团体第一和个人第一！”老师现场宣布竞赛结果。

“天哪，团体满分、个人满分，关键都是砂仁一个人包揽的……”

参赛者、旁观者、助阵者一片唏嘘的同时，齐刷刷把钦佩的目光投向了砂仁。

高三上学期的竞赛，皆为全国及全省性的，选手都从重点班产生。

全国数学竞赛，我与高良姜、细辛、砂仁、吴萸参加。高良姜取得了较好成绩，我与他有差距，但不算大。

全省物理竞赛，我和西洋参、细辛、砂仁、吴萸参加。西洋参取得了优秀成绩，我却差了他一大截。

西洋参之父乃学校教务处主任，由他接替徐长卿老师教本班物理，他与徐长卿老师同龄同专业同批次分至本校，是杏林省会远志人。

西洋参的物理成绩总是全年级第一，无人能比。

高手云集的重点班，人人不凡，各具特色。不长时间，我便发现自己诸多的不足和差距所在，这亦必然。

## — 58 —

那些年，省教委统一命题，高考前一个月进行的全省（高考模拟）统考，简称省会考。

省会考比高考难度大，考生成绩主要用来预估高考分数与排名，当然，还决定着保送生的命运。

文科生考政治、语文、英语、数学、历史及地理 6 门科目，满分 640 分，其中除语文、数学各 120 分外，其余科目均为 100 分；理科生考政治、语文、英语、数学、物理、化学及生物 7 门科目，满分 710 分，其中除语文、数学各 120 分、生物 70 分外，其余科目均为 100 分。

除了数学分理科卷与文科卷以体现难易度外，政治、语文、英语则实行文、理科统一卷。

那年，省会考后的一个星期五下午放学后——

“你组织几个人把我们班的园地彻底打扫干净！”茨实老师吩咐我，显得很焦灼。

“我觉得这不公平，您作为班主任不安排劳动委员，也应该安排班长嘛，怎么又叫我呢？……”这几天右侧胸背部一条灼热刺痛搞得我焦躁不安，便应声而出。

“顶嘴？马上开班会撤了你的副班长！”茨实老师大声道。

“撤就撤，以为我稀罕？”我不甘示弱，脱口而出。

夜深人静，那条灼热刺痛突然变成了电击样痛，而且沿线皮肤上竟然出现了簇集性暗红色小水泡！

“这跟免疫有关，只要抵抗力降低就很容易患上这种‘带状疱疹’，中医称之为‘蛇串疮’‘缠腰火丹’，为了及时治疗，你必须住院……”晴明州皮肤病研究所的医生一看到皮肤患处，立即说道。

一周后，我的病情大为好转出院了。

“从今年开始，国家教委出台应届高中毕业生体育不及格者不予参加高考的（试行）政策，当然残疾人除外……”

回校第一天，听到学校的广播时——

我，一阵悲凉直上心头，接着便是前所未有的紧张……

## — 59 —

分科前的三班，我的同桌槟榔，城里人。

中等身材的他总是大大咧咧、喜怒哀乐形于色，虽说是一个对学习不怎么上心的人，但作为学校体育教研组组长的爱将、学校篮球队主力队员、田径高手，其能力不容低估。这不，学校冬季运动会如果没有他的奋力拼搏，我们班不可能在高一、高二连续夺得个人奖和团体奖！

我和他是“文武”互助同学，私下是我帮助他的英语、数学等文化课程；他则帮助我的体育等竞技项目。

他，是我在原三班最知心的人。为了“辅导”他，偶尔我还会受邀到他家去“改善生活”呢！

我俩，是原三班最好的同学、同桌、朋友。

他的眼神告诉我，对我的身体他有些担心，只是不明说罢了。

好在，自从用上新斯的明类药物后，确实改变了我在学校的一些状况——

吃饭的日子里，舀一匙母亲事先制作好的冷却猪油置于饭缸底部，用热米饭盖上，再放一勺豆腐脑，撒上盐巴搅匀，每顿大都如此，这样咀嚼与下咽不至于太困难，虽然腹泻频次有增无减，但吃饭效率提高了，这种悄无声息的吃法，蛮好；要是遇上食堂每月一次的蒜叶炒瘦肉，若如愿抢上，就先把药吃了，若避不开人群，就把饭缸摆放在报纸上，手托起下巴作阅读样，虽“品尝”得很慢，但心里也升起一股美滋滋的味儿……

体育考试的日子里，我必增药量，促爆发力，像三步上篮、引体向上、100 ~ 200 米短跑之类，已与常人无异；而 1000 米长跑等，仍耐力不足，就徒剩想象力了……

那年代，每个年级都有 1 ~ 2 名拄着双拐或单拐上学的，他（她）们打小就不幸患上“小儿麻痹后遗症”，可列入“残疾人”范畴。

我是不能也不愿被列入“残疾人”的“健康人”……我在心里默默地念叨着“下定决心，不怕牺牲，排除万难，去争取胜利”。

脑中一闪，保尔·柯察金、张海迪、史铁生……他们才是真正有力量的人！

于是乎，于我，至关键时，也可再略加药量，未尝不可？

# — 60 —

“我上你们的体育课，我是知道黄芪的，不能因为一个（试行）文件就把一个品学兼优的人拒之于高考大门外……”体育教研组组长若有所思地对我和槟榔说道。

一块石头终于落了地，槟榔也很开心，说：

“走，我们抓紧时间，去运动场……”

站在煤渣跑道上，我握紧拳头，半个月前那场“立定跳远”毕业考再次浮现——

“黄芪，加油！”众人齐声为我鼓劲助力，其中，数砂仁声音最洪亮。

一、二、三，起，我纵身一跃……非但没有跃起，反而整个身体直挺挺地扑到了地上！

“哈哈哈……”众人齐声喝倒彩！

砂仁跨上一步把我扶起，看到我双手掌心流出来的鲜血时众人猛地停下了各种声音，怔怔地看着我……而砂仁则用敌意的眼神猛地扫了他们一眼……

砂仁陪着我到了医务室，校医帮我清创完伤口缠上纱布后嘱咐：流了血，血止后，会长痂，痂掉了，就愈了；痂未掉，不能撕，撕就裂，带出血，难愈了。

感谢校医后，我俩一起走进马老师那 15 平方米的办公室。这个办公室，目前已是砂仁和天葵的天地了。

四班的天葵放学一进门，看到我双手掌上的纱布时被吓了一跳……

## — 61 —

我与天葵认识，缘于刚上高中时的那次班长认识会，他时任四班班长。

他来自下半县较大的礤石区中学也就是三七县三中。一件合体的银灰色西装，把他那张俊俏白皙的脸映衬得更加帅气，给我的第一印象，他该不会是城市哥儿?

有天，他向我借自行车急用，我很爽快，掏出车钥匙就递给了他。

从那次后，他成了本年级其他班我的第一个好朋友。

分科时，他也选择理科，继续留在四班。

马老师曾从三七县三中调至三七县二中，在礤石区和花椒区工作期间，就与天葵、砂仁的父辈结下了深情厚谊，这不，高三时，为了备战高考，天葵与砂仁自然就住进了马老师的办公室。

我也常去那儿，因为我已从学校搬至老叔家，亦为适应“夏时制”调时差而放弃午休，一些日常用品就放在那儿，也跟着沾光。

现在我又和砂仁同班，久而久之，便与天葵成了熟络的好友。

我们仨，也就成了无话不说的挚友。

十一届三中全会后，随着“阶级成分”的取消和“家庭联产承包责任制”的普及，个体经济在祖国大地上如雨后春笋般涌现，天葵家在礤石街上开起了第一家小卖部，一家人的日子过得有滋有味，这样，他的穿着就有了城市样儿。

我们仨，乃至我们年级从农村来的，恐怕就要数天葵家的经济条件冒尖了。

## — 62 —

“慢慢吃，多吃点蒸鸡蛋，今天做的饭比较软……以后有空就到家里来吃饭！”一直关心我的张老师边往我碗里夹菜边高兴地继续说着：

“吃完饭，我带你去看一个全县著名的民间医生……”

那是高二年级入学后的第一个星期天，张老师从水沟区中学调至县城城郊的城关镇小学，也就是后来的山楂镇小学。

桃仁特地赶来约我到他家。

我与桃仁自初二年级分开后，他就到离县城最近的一所乡中学就读，如今上初三。

“……归根结底还是眼睛问题。你知道吗？鸽子就是飞得再高，对地上哪怕米粒大小的食物也看得是一清二楚，这说明它的眼睛是千里眼，所以要治好你的眼睛，就必须用鸽子和草药泡酒内服，每天晚上睡前喝 5 钱至 1 两，这样也不至于影响你读书。酒有什么作用呢？酒是通经络的，还是引经药。”黄药子医生边看我边指着院子里的那群鸽子笑着说道。

这通说法，既有巧思，也有寓意。

转眼间，他的助手就抓到一只鸽子，熟练地开膛破肚，剔除内脏器官，清水洗净后置入一个早已准备好的盛有草药的土罐里。

“你去买 5 斤 52 ~ 53 度的苞谷酒浸泡 1 周后就可以服用了。你是学生，又是老师带来的，收你优惠价 10 块。”

黄药子医生一点都不拖泥带水。这价钱也值当。我立马就把钱递出，并道了谢。

“唉！黄药子医生只擅长治疗肝病、胃病、妇科病，哪晓得他根本不懂你这个病，让你受苦了……”两个月后，张老师说这话时，显得有些愧疚。

“没关系的，张老师，试试，才知道有没有疗效。我现在有新斯的明类药物用着，挺好的，只是又给您添麻烦了。”

我坚持服用黄药子医生配的药终究是寄希望于奇迹出现！一个多月后当希望变成泡影时我就停服了。

## — 63 —

高考前 10 天，学校安排我们毕业生进行 3 天的军训。

每个班的教官，均来自“两山”某部轮战部队的指战员。

前面两天，在学校操场上完成，主要任务是队列队形练习，以及教官讲述亲历“两山”防御作战的英雄事迹。

最后一天，进行野外训练。

上午 10：00，4 个班两百余人的“队伍”在教官的带领下，喊着口号，迈着整齐的步伐向位于西北方向距学校 7 公里的“前进水库”出发。

伫立于水库坝头，极目远眺，那蓝蓝的天、那绿绿的山、那清清的水，令人心旷神怡，浮想联翩，一种让梦放飞的感觉油然而生……

"'战士们'，前面山坡上发现'敌情'，冲啊！"

随着教官一声令下，大家拼命地盯着目标快速奔跑，嘴里还不断地吼着："冲呀！冲呀！"

开始时我还在前头，可快要接近目的地时，突然脚下一滑，整个身子就倒了下去，乘着散落的松毛滚到了坡底……哎呀！我不但又回到了起点，而且还拖了全班的后腿……

返程时，大家齐声高唱：

我低头向山沟
追逐流逝的岁月
风沙茫茫满山谷
不见我的童年
我抬头向青天
搜寻远去的从前
白云悠悠尽情地游
什么都没改变
大雁听过我的歌
小河亲过我的脸
山丹丹花开花又落
一遍又一遍
大地留下我的梦
信天游带走我的情
天上星星一点点
思念到永远
……

## — 64 —

高考体检前夕。

我和天葵、砂仁一起去了马老师家。

之前马老师就一直希望我们仨去他们家吃顿饭。

马勃医生，马老师的大儿子，杏林中医学院一毕业就被分配到三七县人民医院工作。

席间，他有意无意地看了看我，眼神十分犀利……我不由得阵阵紧张，烘热汗出，看来，我困囿的吃相已暴露无遗……

“马勃哥，我不隐瞒……明天的体检，我没问题，只怕五官科……就算我加量用新斯的明类药物……上眼皮还是……”我怯怯地说道。

“啊！兄弟，原来你患上了这个病，前两次见到你时，我就感觉你有啥问题，我爸在一些细节上已注意到你，还专门嘱咐我你们马上高考了，要关心你的身体……”马勃哥不无意外地感叹道。

“黄芪，今天说出来就好了，你要记住：‘车到山前必有路，船到桥头自然直’……”马老师那慈祥而和善的眼神突然凝重起来，声音变得很轻柔。

顿时，一股清甜沁人心脾……

离开马老师家，一路上，我迈着轻快的步子与天葵、砂仁又说又笑。

那晚，我失眠了，心里不断地默默念叨着：“马老师，您是我的第二个恩师呀！”

# — 65 —

那年保送名额：1 名，专业：地理学（本科），保送就读院校：杏林师范大学。

地理学专业居然从理科考生中选拔，大家既想不到也想不通。

省会考成绩一出，学校一片沸腾。而 3 个理科班就只有重点班的前四名上了保送线。

学校教务处依次征求了细辛、我、砂仁及吴萸的意见。

吴萸经过慎重考虑，同意了。

吴萸的父亲是那个区的老师，也许是想子承父业的缘故，他很想做教师。3 年前他是那个区的中考状元，考取中师后因身高不达标被退回无奈上了高中，担任过重点班的班长。

课余时间，篮球场上，经常见到与他同样稍矮的数学高手高良姜。到了高二，他俩身高竟然蹿到了 170 厘米。

高考后，豪爽的高良姜实现了他的警察梦。

吴萸确定保送后可不参加高考，但笑口常开的他总是乐于助人，他要给我们陪考给我们打气鼓劲，我们都被他感动了。

我们那届，高中三年，大部分同学心里都烙上了“城乡差别”“男女有别”的印记—

城市同学与乡镇同学之间，男生与女生之间有着一条不可逾越的鸿沟。

临近高考，即将分别，不论城乡，不管男女，又偶尔聚在一起，深情唱起《人在旅途》：

从来不怨命运之错
不怕旅途多坎坷
向着那梦中的地方去
错了我也不悔过
人生本来苦恼已多
再多一次又如何
若没有分别痛苦时刻
你就不会珍惜我
千山万水脚下过
一缕情丝挣不脱
纵然此时候情如火
心里话儿向谁说
我不怕旅途孤单寂寞
只要你也想念我
……

## — 66 —

高考时间：7 月 7 日、8 日、9 日。

7 月 9 日。

这是怎么啦，为什么我一见试卷心里就发怵？为什么不像第一天的语文、政治及第二天的数学、英语看着就舒心呢……今天上午考完物理，中午一点到三点考化学、四点到五点半还要考生物！这可如何是好？

“已经顺利坚持了两天……这是最后一天，一定要挺住……”我鼓励自己。

考化学前，新斯的明类药物已增量；考生物前，新斯的明类药物再增量。

“考试时间到，请考生把卷子摆在书桌上及时离开考场！”主监考老师严肃地宣布。

“20号考生，你怎么回事，没听懂，为啥还不离开考场？”主监考老师和另外两位监考老师径直走到我面前。

我忍住腹痛、憋住大便，承受住大汗淋漓、肌肉跳动，用双手艰难地杵着凳子试图站起来……但就是站不起来……

我很狼狈，也很无奈……

我高中毕业那年。

三七县除了县城所在地的山楂镇外，其余11个区全部更名为乡和镇，其中上半县那两个大区更名为镇，如砂仁所在的花椒区变成了花椒镇；下半县只有较大的区也就是天葵所在的礞石区变成了礞石镇。

从那时起一直到现在，我所在的水沟区就成了水沟乡。

## — 67

我在凝视《杏林省招生报》公布的高考试卷参考答案时，所有答案也在凝视着我。

即便早有思想准备，心里还是“扑腾”“扑腾”地跳……

噢，结果比想象的还糟糕……

填报志愿那天。

面对马老师期许的目光，我的泪躲进了鼻泪管，须臾，其中的两三滴居然掉进了嘴里，苦涩苦涩的；我埋着头，嘴巴苍白无力，语言功能被完全困住以至于一句简短的话也无法说出……

此时的心境已完全被“绝望”二字充斥。

而马老师那句“即使你选择复读我也支持”，却让我为之一振，倍感力量！

故而，仅只填报上海中医学院中医专业——便是了却我一桩“知其不可而为之”的心愿，聊以自慰。

高考成绩公布后，我的预估分与实际得分相差无几——就这分数，充其量只能上个好专科。

这个梦，究竟有多遥不可及？这落差，何其大！

此时此刻，我已不在心乱如麻，反而超乎寻常的平静——

因为，我知道奇迹不可能发生！因为，我明白现实不可能改变！

本班班长细辛稳坐全县理科状元宝座，实现了到北京上名校的梦想。

本班学习委员、我的挚友砂仁发挥失常，在他父母的劝说下极不情愿地填报了远志医学院临床医学系。

本班其他同学发挥正常，有几名则超常发挥，均如愿以偿。

我，则面临着复读，一年后再参加高考……

# — 68 —

三七县一中未设专门的高三复读班，所有复读生都被当作插班生安排在自然升级的 4 个班里。

分科前，这届三七县中考成绩前三名均未输送到睛明州一中而被留下并聚集于一班即重点班；分科后，这届暂行取消重点班。

4 个班中，一班和二班是理科班，三班和四班是文科班。

复读的我在二班。

“哈哈哈，我见后面两排有几个新面孔，听说这两天有些单位在招干招工，你们几个就莫来这里添人数了。复读，好复读的吗？赶紧拿着你们的高中毕业证书去……不然到了‘高四’结束你们会后悔的……”化学教研组组长刺蒺藜老师坐在讲台凳子上慢条斯理地说道。

教室里哄笑声过后，一片寂静。

刺蒺藜老师是 20 世纪 50 年代中期从省外著名大学化学系毕业就分配至三七县一中的外省人，是学校的元老，她教过的学生考到北京、上海、广州等地名校者比比皆是，可谓为了教育事业呕心沥血！

她那写满沧桑的脸上，表情肌确也发达，不忘继续发挥，虽然上气不接下气，仍然一字一顿地盯着当时的全县中考状元也是分科时的全年级第一名，告诫着：

“就是今年，我把你们这届教毕业就退休了，再次强调，你们应届生千万莫受复读生的影响哟！”

从那以后，化学课上，我把头埋得比平时更低；从那以后，化学课上，抑或我未听清、抑或老师只字未提、抑或老师已忘记……反正我再也没听到过刺蒺藜老师的嘲讽。

对这个新集体的融入——愿，也不愿，愿亦不愿；难，也不难，不难亦难。

这样一来，对这个新集体，虽然与之相处一年，但我却未认识几人。

## — 69 —

“黄芪友，这是我从第一个月工资中挤出来汇给你买点麦乳精补充营养……我和砂仁都不在你身边，你要注意身体……”

来不及细想，我便转身往邮电局奔去，赶紧给在外地工作的天葵发出电报——

葵友放心我不缺钱勿寄钱我均好

事毕，我身心俱疲地回到了学校。

次日，拆开砂仁从省城寄来的牛皮纸信封，一股书香味儿沁入我的鼻腔——一套最新发行的高考理科辅导资料映入我的眼帘……

我和天葵、砂仁，我们仨在一起的日子；我和槟榔，还有与桃仁偶尔在一起的时光……总是挥之不去。

“黄芪，周末了我爸喊你去家里吃晚饭……”已经考入本校在读高二的桃仁在教室门口等着我。

自从那次填报志愿时撞到马老师的眼神后，我就怕再见到张老师……

我婉拒桃仁后，独自一人悄然离开了教室。

那一年，上学期我住大姐家，下学期又搬至老叔家。

那一年，一首《愁啊愁》流行于世，虽为劳改犯之歌，但一个“愁”字，好生了得，唱的人撕心裂肺，听的人肝肠寸断，竟搅动了好多高考失意者的心绪，引发了一种别样的共鸣。

那一年，给我留下的记忆自然就是碎片般的了。

## — 70 —

正月初六，正值寒假。

郁郁葱葱黄里泛绿的这树、这草把这高大雄伟的大山装扮得错落有致，其中，竟有一瀑布深藏于此，不禁让人感叹：真乃天造地设也！

这瀑布，远眺，一条银河缓缓而下；近看，水花急速溅起似云里雾里……

这地方，一旦被人发现，常会被冠以“惊讶”二字；这地方，在漫无目的甚至走投无路时置身其间，却会被冠以“震撼”二字。

面对这山、这瀑布，我与天葵、砂仁不约而同、异口同声道：“我们不但是好同学、好朋友，而且还是好兄弟！”

从此，我们就成了仨兄弟，天葵是老大，我是老二，砂仁是老三。

其实，复读的这一年，各种竞赛与我无缘，各种活动亦与我无关。

其实，复读的这一年，学习就是复习，按部就班。

这一年的高考，也是我的第二次高考。考场上，我的大脑一片混沌，就连空气都凝固了……

高考成绩公布后，我的分数仅比上年增加12分；而录取分数线却比上年提高10分！

我复读这一年，纵使再努力，还是成了第一次的翻版，终究逃脱不了“失败”二字。

这，或许是始料未及的自然再现，偶然的？又或许是情理之中的自然循环，必然的？

再次发生的理想与现实之间的落差，再次使我陷入了绝境，却又不敢怨天尤人。

哪怕再来一次复读，又如何？罢了，不可能亦不现实，专科，也得选择，虽无奈，但无法。唯此，才是清醒的认知。

这样的痛，是种难以说清的苦甚至难，比起病痛，有过之而无不及。

在我魂不守舍，就要离开学校时，一曲高亢苍凉的歌声突然响起，那是“崔健”的《一无所有》。

我驻足停留，听完，迟疑良久，是的，我现在是一无所有，真的一无所有。

我对所有关心我的人，所欠下的那份愧疚，不知要到何时，才能变得淡然一些？很茫然……

# — 71 —

“啊，房子太高了！”6岁的外甥睁开蒙眬的睡眼一抬头就惊叹道。

坐白天班车再转乘一夜火车，就到达了目的地——省会城市远志。

二姐夫肩扛木质行李箱在前，我拉着外甥的手、肩背马桶包[1]、斜挎军用帆布包紧随其后。

一出站口，“杏林中医学院新生接站处”便出现在眼前。

“先到学院卫生科做身体复检……”一上车，接站的高年级同学就热情、详细地介绍起报到流程来。

将事先准备好的新斯的明类药物悄悄放到嘴里，舌头轻轻转动，让唾液尽快分泌，待药片半干半稀时，对着水龙头来一口自来水，让药片完全溶化，“咕嘟”一声下了肚，10分钟后，左上眼皮便渐渐抬了起来……

面对卫生科的老师，我仍旧忐忑不安……

当我顺利拿到身体复检正常的报告时，兴奋的同时难免心虚……

“我们班男生宿舍都在那幢楼的四楼，请大家赶紧把较重的东西先搬上去。”报到完毕，班主任迎香老师通知大家。

“我高你矮，上楼梯你在上、我在下，我俩搬这张书桌正合适。”一个快言快语，边指着我边扶眼镜，皮肤微黑的高个子进入了我的视线。

---

1　20世纪70、80年代在广大青年群体间广为流行的一款背包。

初来乍到，我除了接受他的吩咐外只有使尽全力……

到了四楼，我一屁股落在地板上就只剩喘粗气，而满头大汗的他还在唠唠叨叨：

“我叫风池，来自……”

风池，是我一上大学就认识的第一个同班同学，他就住隔壁宿舍。

“专科 3 年，本科 5 年，到时你毕业了，我还在实习呢……”

学院旁边的小饭馆，砂仁刚从远志医学院赶来，就说道。

二姐夫付完饭钱带着外甥要返程，我与砂仁送他父子俩到火车站。

坐在回学院的公交车上，我和砂仁一直在欣赏邻座录音机播放的歌曲：

跟着感觉走

紧抓住梦的手

脚步越来越轻越来越快活

尽情挥洒自己的笑容

……

## — 72 —

第二次高考后填报志愿时，在张老师家的情景再次勾起了我的回忆——

“针灸推拿专业工作分配至少在县城……”在三七县科委工

作的张大哥（桃仁的大哥，即张老师的大儿子）说。

之后，我又到了马老师家，马勃哥这样对我说：

“我大四时学院才招的新专业，不但使用本科教材，而且本科老师亲自授课……”

家里也一致认为，不管是本科还是专科，不管专业是中医还是针灸推拿，只要能进中医学院就行。

我的志愿于是就这样决定了。

“我们学院成立于1960年，是全国第二批成立的高等中医药本科院校，前身是杏林省中医学校……有中医和中药两个系……中医系中医专业是建院至今的老专业，针灸推拿专业是中医系1985年开设的，虽说是专科，但每年只招生60人，分两个班，每班30人，一班偏针灸，二班重推拿……我们班除了来自重庆、兰州的同学外，其他同学均来自全省各地州（市）……下面，请同学们做自我介绍时尽量体现出你们当地的风土人情、土特产品。”新同学见面会，班主任迎香老师笑容满面地介绍完学院历史沿革后便要求大家逐一发言。

“我来自睛明州三七县，睛明州有8个县，著名的‘两山’就在其中；我们县驻扎的解放军和种植的三七几乎遍及全县12个乡（镇）；作为中医医学生来说，我很自豪地告诉大家：我们县是名贵中药材三七的主产地，有春三七和冬三七，分10头、20头、30头、40头、60头、80头、无数头等，主要作用是散瘀止血，我们当地流传着‘生消熟补’，即生用活血化瘀，熟用活血补血，刚发的新教材《中药学》里面有详细内容……”

我们一班，30名同学，来自睛明州的就我1人。

# — 73 —

阴阳：乃宇宙中万事万物既相互统一又相互对立者，故曰：阴中有阳，阳中有阴。

五行：木火土金水，依次对应青赤黄白黑、目舌口鼻耳、肝心脾肺肾、怒喜思悲恐……五行相生：木生火、火生土、土生金、金生水、水生木，五行相克：木克土、火克金、土克水、金克木、水克火。

“见肝之病，知肝传脾，当先实脾……夫肝之病，补用酸，助用焦苦……‘虚虚实实，补不足，损有余’，是其义也。”

经络：运行气血之通道也。经络学说之形成，既遵阴阳五行之学说，也循“人与天地相应”之观点。

《大医精诚》曰：“凡大医治病，必当安神定志，无欲无求，先发大慈恻隐之心，誓愿普救含灵之苦。若有疾厄来求救者，不得问其贵贱贫富，长幼妍媸，怨亲善友，华夷愚智，普同一等，皆如至亲之想，亦不得瞻前顾后，自虑吉凶，护惜身命。见彼苦恼，若己有之，深心凄怆，勿避险巇、昼夜、寒暑、饥渴、疲劳，一心赴救，无作功夫形迹之心。如此可为苍生大医，反此则是含灵巨贼。自古名贤治病，多用生命以济危急，虽曰贱畜贵人，至于爱命，人畜一也。损彼益己，物情同患，况于人乎！夫杀生求生、去生更远。吾今此方所以不用生命为药者，良由此也。其虻虫、水蛭之属，市有先死者，则市而用之，不在此例。只如鸡卵一物，以其混沌未分，必有大段要急之处，不得已隐忍而用之。能不用者，斯为大哲，亦所不及也。其有患疮痍、下痢，臭秽不可瞻视，人所恶见者，但发惭愧凄怜忧恤之意，不得起一念蒂芥之心，是吾之志也……”

这真是——

学中医，漫步浩瀚典籍中，彷徨苦涩文字里；

游历史，阴阳五行文化浓，经脉腧穴络脉通；

览群书，博及《易经》《难经》《道德经》；

做医者，当以《大医精诚》为尊，必以仁心仁术为崇；

精气神，天人地三才封髓，人与自然相应矣……

## — 74 —

半期考后的一个下午，我接连跑了两家全省顶级的综合医院。

杏林省立医院——

5 年前的环境依旧，神经内科专家诊室或许更旧，看到墙上有不熟悉的医生简介时，我精神一振。听了医生说“目前的治疗，还是新斯的明类药物维持生命”时，又让我连连叹气。

远志医学院附属第一医院——

这家医院还有一块醒目的牌子：杏林省神经病学研究所。紧靠院牌。

“除了新斯的明类药物外，可加用激素试试。”这家医院这位医生的话，直叫我兴奋不已。

“接受激素治疗，必须住院……”继续听下去，又叫我成了霜打的茄子——蔫头耷脑。

晚上，我准时到了阅览室。

书架上一个不太醒目的位置，一本《杏林中医学院学生学籍管理制度》静静地躺在那里，也许她一向都在那里安睡着。

第三条第一款：新生入学一年后方取得正式学籍……

第五条第三款：取得正式学籍的学生，享受以下待遇：生病住院者由学院按 90% 报销医疗费用……

学籍、住院，住院、学籍……那晚，我失眠了……

次日，教《腧穴学》的太冲老师一上讲台就说道：

“同学们知道我们省的四大名医吗？大家只知道四大名医之首是我们学院的创始人、首任院长附子先生……”

太冲老师详细介绍完四大名医的情况后，随即说道：

“你们班虽然人数不多，但今后或许会出名医，下面，我请 8 名同学上台来：黄芪、承山、照海、解溪站我右边，孔最、神聪、曲池、三阴交在我左边。”

“怕什么，老师叫上台就上嘛。”我对着同桌承山小声说。

“大家要看清楚了，站我右边这组的黄芪和在我左边这组的孔最都是这次《腧穴学》考试的第一名，但前者是倒数第一名，后者则是顺数第一名。将来的四大名医会是我左边的 4 位还是右边的 4 名？不言而喻……”

晚上，同室承山抱怨说他实在受不了太冲老师整的这一出。

我忙安慰他，说：

“每门课，期中考试只占 30%，期末占 70%，下次，我们共同努力，肯定没问题！”

外面寒风呼啸，室内喋喋不休……

# — 75 —

“咱们班个个都是好样的，课程多，非但没人补考，而且大家取得的成绩都令任课老师刮目相看。大一上学期已结束，为把下学期班集体的工作搞得更好，今天的主要任务是重新产生班委，搞个民主选举，是采用无记名投票还是举手表决？请同学们发表意见。”班主任迎香老师在班会上说道。

“由老师或同学提名，举手表决通过。”

一人提议，多人附和。

“同意商阳担任班长的请举手并鼓掌通过。”

我们宿舍除了商阳外其余 5 人均异口同声并带头鼓起了掌。

毫无思想准备的商阳，在掌声的激励下，就这样当上了班长。

我住上铺，英俊潇洒、衣着入时、豪爽仗义的商阳住下铺。

他不单嘴皮子溜，身体也很硬朗，而且脑瓜子那种灵活法，让你不得不服。

学习委员还是孔最，其他班委略有变动。

次日，大寒节气。

凌晨 5：00。

“风池，起床了。”我敲着隔壁宿舍的门，冻得直打哆嗦。

昨天晚上，风池说怕睡过头，让我叫醒他，他要到客运站（北）乘坐 6：00 的班车回家。

风池的家乡和我的家乡离远志均为 450 公里左右，他的家乡在杏林省东北部的一个行署专区，而我的家乡则在东南部的一个民族自治州。

凌晨5：30。

砂仁从远志医学院赶来与我会合，一起到客运站（东）乘坐6：30的班车回家。

我俩顶着凛冽的寒风等候着5路公交车。

静谧的城市依然在梦中，两排整齐的街灯睁开明亮的眼睛欢快地注视着大街上三三两两的晨跑人及掺杂于其间的骑车人。

这一幕，与灰蒙蒙的天空恰好形成了格调完全不同的场景。

此时此刻，不禁让人想起明末清初著名诗人屈大均以“大寒”为题的诗句：

穷阴天外积，
寒绝逼春来。
尚苦连朝雾，
南风湿不开。
已新长至柳，
重吐小年梅。
腊酒谁家早，
莺知为我催。

笑声、歌声、吉他声声声入耳……一派喜庆的气氛缠绕在一起。

回家过年的“东风”牌长途班车，竟然成了学子们的“包车”。

盘山公路上，那些稀稀拉拉的大货车总是被我们不断超越。那些大货车的那种艰难样儿可真就是老牛拉破车——还能跑得快？

随着一个又一个长坡被甩到身后，几经颠簸，车里的喧闹声渐近沉寂。

我，却思绪万分：在省城的这半年，我所有的见闻……

## — 76 —

熟悉的三七县一中大门左侧厚实的宣传墙上，半年前考入重点院校的那几个名字仍然清晰……

其实，只要是厚实的事物，哪怕经历过严冬酷暑的煎熬，还是那样的厚重。

因为教学成绩突出，二姐被三七县教委从水沟乡中学调至三七县一中初中部。半年后二姐夫也从水沟乡中学调至三七县城所在地的山楂镇中学。

外甥一见到我从省城给他带来的火车玩具和鞭炮时，双手快速接过、紧紧抱着就跑出了门……

那天，大姐家、三姐家一起到二姐家团聚，吃了一顿丰盛的晚餐，姐姐们就像过年般的欢喜。

次日上午，我又分别到马老师家、张老师家详细汇报了半年来的学习和生活。

“你骑了 3 年的那辆‘山川’牌自行车不是在你复读那年就被父亲换成了新‘永久’牌，放在我们这里。你三姐夫前两天还把它清理得干干净净的……”三姐对我说道。

我独自一人骑上车在回水沟与父母团聚的路上，两位恩师赞许的眼神、期许的目光以及他们的千叮咛、万嘱咐总是萦绕在心头……

一刹那，我蹬车的脚力更有劲了……

大哥在老家说过，他和三个姐姐每人拿出 100 元作为对我考上大学的奖励。

半年前的那个假期，我先到三七县城三姐家。

“太好了！太好了！”三姐盯着“录取通知书”激动而兴奋地重复着。

父亲的单位经过改革被整合成三七县教委的下属单位，变为三七县第二大国营旅社——三七花旅社。

三姐在我上初三那年她高中毕业时，经不住父母的劝说，便顶父亲的班成了吃“国家粮”的人。

具有初中以上学历的顶班人要先到小学任教，三姐自然就被安排在水沟乡小学，工作 5 年后才调入县城。

父亲退休后，在我家的承包地里种起了三七。

我第二次高考那年年初，三姐结婚了，三姐夫在三七县百货公司工作。

儿时那些年，家里平常就只有母亲、三姐和我，难免与三姐争来吵去，每次总是我占上风，是我的“争强好胜”使然？抑或是被家人几近呵护的“照顾”？自然，乐趣更多。

不经意间，我已到了家门口。

## — 77 —

期末考试结束后的第二天。

我与风池相约去远志湖。

远志，是气候宜人、风光旖旎的旅游胜地。

远志，三面环山，南濒远志湖。

置身于东山、西山、北山及南湖之中的远志，与山、与湖融为一体，城景、山色、湖光交相辉映，别具一格，形成了杏林市的独特魅力。

踏过有青苔相伴的青石板，穿过错落有致的土基房小渔村，我们便到了湖边。

不远处，一片残垣断壁的古村落遗迹依稀可见。

远志湖，是杏林省最大的淡水湖，也是杏林省最大的海。

远志湖，除了有着湖泊般的细腻情怀外，还有着大海般的宽广胸怀。

这是我第一次看海，突然间便想到了“照海”穴——

面对不着边际的海，会使人突发奇想：每个人在追寻遥不可及的梦想时，现实怎么就与大海形成了对立？

其实，海面上缓缓起伏的波浪，不像随波逐流，更像永恒不变的生命弦律……

“大一圆满结束，根据学院学生学籍管理制度，大家都取得了正式学籍，按照学院这几年的规定，大二开学注册时就要进行为期两周的军训……”这是班主任迎香老师在第一学年最后一次班会上的小结和安排。

“上届同学军训，到的是远志市区30公里外的东山——某部英雄团驻地……身着军装、头戴钢盔，荷枪实弹，真是英姿飒爽，威风凛凛！”大家兴奋地议论着，巴不得暑假赶紧结束，明天就上“战场”。

但，于我而言，虽非心虚胆怯，但亦心情郁闷……

## — 78 —

“稍息、立正，稍息！我是杏林省军区派来担任杏林中医学院军训团的团长，从今天开始，我们要开拔到城郊的杏林省军区远志射击场进行正规的军事训练，大家要听从指挥，服从命令！”高大威武的团长一席铿锵有力的讲话，一个标准的军礼，赢得了阵阵掌声。

学院武装部部长介绍：“我们是一个军训团，由中医系一个营和中药系一个营组成，每个班就是一个排，每个排下辖三个班……看到大家都换上了军装，个个精神抖擞，挺好的。下面听我安排，除每辆军用卡车可坐两名身体欠佳者外，其余人员排队徒步前行……”

为了节省脚力，我便报名，自然和大家的背包一起坐上了高高的军用卡车。

“按照部队的优良传统，趁大部队行军途中，我们作为先头部队到达目的地后必须做好准备工作。请坐车者以最快的速度把车上的所有东西搬到指定地点！”武装部部长一出卡车驾驶室就黑着脸说：

“你们以为坐车就这么舒服？这是偷懒！是要付出代价的！”

与我同车那个，中医专业本科班的，比我还冤。他，身患轻度小儿麻痹后遗症，唉，他本不用参加军训的……

他在车上卸，我在车下接，我俩就这样形成了传递合力。只是，他很艰难，我也有些吃力。

完成任务时，刚穿上不久的军装已被汗水浸透了。

刚想小憩，无奈，大部队已陆续抵达。

“集合！集合！”随着哨声响起，教官大声喊道。

“所有人，我们一定要按照新兵训练大纲的要求进行，做到三个严格：一是严格执行方案，二是严格科目考核，三是严格接受检阅。”团长正严肃地讲着。

突然，一阵狂风把头顶那片乌云刮了过来，紧接着就是密集的雨点子，而且越来越大，均匀地撒落到每个人身上，我们活脱脱成了一群“落汤鸡”。

队伍里飘出了嘀咕声，继而又是啜泣声……

“哪个女的在哭？出列！我告诉你，这是部队、是军营，大家要发扬‘一不怕苦，二不怕死’的革命精神，你现在是军人，不是娇小姐！军人要有意志力……大家想想，在抗日战争、解放战争以及今天的边境防御作战中的英雄们，我的战友们……而你……你们仅仅站在雨中半个多小时……就……”

一直黑着脸的武装部部长，更是板起了脸，说着说着，先前的声如洪钟竟变得有些低沉，接着就哽咽了。

一刹那，所有人都怔住了。

除了雨声依旧外，全场死一般的沉寂。

## — 79 —

突然间，紧急集合号响彻云霄，把沉睡中的我们震醒了。

大家手忙脚乱，穿衣戴帽扎腰带，背上各自的全自动步枪，冲出宿舍，迅速站到了自己的位置上。

同志们，现在我宣布上级命令。

**杏林中医学院军训团：**

**兹命令你团立即奔赴前线，支援“两山”某部参战部队，做好医疗救护工作。**

**特此命令！**

**杏林省军区**

**即日**

团长干脆利落地宣布完，继续道：

“同志们有没有信心？”

“有！有！有！”大家齐声高喊。

武装部部长那张总是铁青着的脸终于舒展开来，露出了一丝不易察觉的笑。

“听我口令，稍息、立正，目标火车北站。向右转，跑步走……”

“班长，真的上前线吗？”风池紧随教官，顺口问道。

“军人以服从命令为天职！”操着山东话的班长小声地训斥道。

杏林省军区派出的教官不论是团长、营长、连长、排长，还是班长都是“忠于党，忠于人民，忠于国家，忠于社会主义”的军队优秀人才。

别看班长的年龄与我们相仿，但军龄已有 3 年，并在边境防御作战中荣立个人三等功一次，其政治素养和军事素质均排在前列。

起初，班长耐心地手把手教我们整理内务；近日，又加强对我们的军姿、队列、战术、射击等科目的规范训练。

“立定，向右转，稍息、立正，稍息，现在我宣布：命令取消！向右转，目标出发地，齐步走。”大家跑了3公里接近红绿灯处的十字路口时，团长突然宣布。

“啊！虚惊一场……”

“可惜了，不能上前线……我们不是孬种，随时准备着！”

队伍里传出了各种声音，无疑，后者明显占上风。

## — 80 —

“同志们！我宣布，阅兵式开始！”随着团长一声令下，雄壮嘹亮的阅兵曲环绕着大地——

“向右看”随着教官的口令，我和方队所有人齐呼：“一、二，”方队的齐步瞬间换成正步，手握钢枪面向检阅台。

吉林中医学院院长担任检阅首长。

“咵咵咵咵……咵咵咵咵……”的正步声雄壮豪迈。

首长：“同志们好！”

“首长好！”大家齐声回答。

首长：“同志们辛苦了！”

“为人民服务！”大家齐声回答。

“向前看”随着教官口令，我和方队所有人又齐呼：“一、二，”方队的正步瞬间换成齐步。

紧接着召开军训总结大会。

我们虽然个个身着汗斑与污垢交织间或有破损的军服，但是每人的风纪扣都一丝不苟地扣在那里，充满着精气神笔直列队在各自位置上，认真聆听首长们的最后一次讲话。

“同志们，何谓军人的勇敢顽强拼搏及坚决完成任务的战斗意志？通过这次军训，想必大家都有所体会！大家通过军训，我相信，不但磨炼了坚强的意志，还锤炼了拼搏精神；不但增强了身体素质，还培养了军事素养；不但激发了爱国情怀，还锻铸了中国军魂……”

“挺住！一定要挺住！”我在心里一直为自己打气……因为我的双腿就像灌了铅似的迈不动步——脾虚气陷，骨头就像散了架似的浑身酸痛——肝胆欲裂，脑袋就像糊了浆子似的一片空白——心神不宁……

## — 81 —

“赶紧起床！赶紧起床！”

住在我下铺的商阳反应迅速，把同室的同学全都叫醒了。

“哎！叫什么叫？有毛病！好不容易军训结束回到宿舍补个觉，才凌晨两点……”华盖自言自语。

“送医院！送医院！”商阳继续道。

“哦，是黄芪生病了！赶紧起床！送医院！”华盖立即起身。

5 个同学七手八脚地抬起我飞快地往离学院最近的远志市中医院赶。

“没事黄芪，马上就到医院了……”

“你不会有问题的，军训太苦太累了……”

“不可能有问题，输点液，吃几服中药，休息休息就好……”

路上，大家都在开动脑筋安慰我。

急诊科。

“根据患者右下腰腹剧痛、脘腹胀满及尿频尿急尿痛，怀疑是泌尿系结石，赶紧肌注杜冷丁止痛，现在患者已经出现面色苍白、大汗淋漓、呼吸气短，一旦疼痛止不住，就会休克！同时急查血尿常规……”接诊的救必应医生以最快的速度询问病史并为我做相应的体格检查后立即下达口头医嘱。

当医生问到我既往病史时，我下意识地吐出一句：健康……

当医生决定用杜冷丁时，我只能潜意识地点点头……

我睁眼时，只见华盖和承山在我的床边东倒西歪，哈欠连天。

“你还疼吗？”华盖紧张地问道。

“当时，护士给你肌注杜冷丁后你就慢慢睡着了，我们看到你已没之前痛苦了……护士挂水时你都没发觉……现在是早上八点。”承山急切地说道。

“对不起！不好意思给你们添麻烦了，谢谢！你俩赶紧回去好好休息并代我向商阳、侠溪、申脉表达谢意！我现在疼痛已除，再观察一天，争取明天就和大家一同上课。”

经不住我的再三催促，他俩再次劝慰了我几句便离开了。

所有室友被我这样折腾了一晚上，我总是于心不安。

## — 82 —

“你知道吗？你的疼痛是肾绞痛，可以说是撕心裂肺！当时的你已处于半休克状态，所以不但不能在急诊科留观而且马上就得转到住院部接受系统的中西医结合治疗……”接班医生查房时很认真地对我说。

“我们医院是杏林中医学院的教学医院，我和大部分医生都是学院毕业的……”内科二病区我的主管医师很温和地对我说，并继续道：

“同学，你就安心在这里治疗，大一的中医、西医基础理论你已学过，作为医学生，要理论联系临床实际……”

本来浑身像散了架似的我，突然间注入了新的力量……

我的主管医师是20世纪70年代恢复高考后的第一届毕业生。作为医学生，打那以后，每次我都尊敬地称她为老师，就连医、药、护、技师等所有我遇见的医院工作人员，我都喊“老师”。

可以随意翻阅自己的住院病历，缘于我是医学生。

“秋分前七日由急诊科转入；舌质红、边有齿痕、苔黄腻，脉沉细滑数；西医诊断：泌尿系结石；中医诊断：淋证；中医辨证：湿热下注；治法：利湿清热通淋；方药：八正散加减；病机分析摘要：患者正值‘白露’前后一周参加军训，劳累过度、体力透支，‘水土湿气凝而为露’，寒与热交替，复加感受湿邪，与体内热邪交织而成湿热，阻遏气机，以致湿热下注，蕴结膀胱，煎熬成石。”

我把自己的整个病历看了一遍，对照着刚领到的大二教材，似懂非懂地又看了一遍。

“老师，我除了在急诊科出现过绞痛外，转来住院后只是间歇性隐痛，能否办理出院？我想回学院上课。”面对查房的主管医师，我迫切地问道。

“同学，我把会诊意见告诉你：综合对你的查体体征阳性和你的主要临床症状，可能是右侧输尿管阴性结石，由于普通B超看不清楚，所以建议你转至有条件的医院进一步诊治。”主管医师很亲切地说。

同学们在上课我却在治病，于我而言，已习以为常，不再去纠结，免生烦恼。

办完出院手续，我拖着隐隐作痛的身体走在回学院的路上。

抬头一看，两侧高楼大厦挂着的彩旗彩灯正在迎风招展；低头一望，所有绿化带已被环卫工人装扮一新；随便一瞧，过往行人无不欢天喜地。

哦！再过3天，就是国庆节了。

## — 83 —

杏林省红十字会医院。

这是全省影像设备数一数二并拥有体外震波碎石机的医院。

自感没啥的病，结果闹腾得班主任迎香老师亲自出马“拉关系走后门”，方顺利入住这家医院，我于心不安。

“今天我亲自给你做静脉肾盂造影，阴性结石的诊断就是靠它……”

放射科射干主任一开口，一种亲切感便随之而至。

我一兴奋，顺口便说“老师，您应该是晴明州人吧？”

“你怎么知道的？”射干主任笑了笑，“哦，你的口音就是晴明州的。”

老乡见老乡，两眼泪汪汪。

扯上老乡关系，我与射干主任的距离自然就拉近了。

“射干老师，请问这台加大型的X光机能看清胸腺吗？”我若有所思，怯怯地问。

“当然看得清喽，看胸腺，除了CT就是它了，而CT目前全省只有远志医学院附属第一医院那一台。”射干主任既自豪又不无遗憾。

“哦！你为什么提出看胸腺？重症肌无力才看啊……”射干主任疑惑地看着我。

我霍地一惊，结结巴巴道：

“我是……杏林中医学院……的学生，想……多了解些……相关知识……”

“哦！原来小老乡是医学生，不错，有什么疑问尽管问！”射干主任吃惊过后便是一阵兴奋。

为圆满完成军训任务，那期间我只能加量新斯的明类药物，近期肾绞痛肌注杜冷丁后我又再次加量，可重症肌无力的相关症状却日趋严重……

我不得不想起可怕的胸腺！

整晚，病床上的我辗转反侧——

我的既往病史，如何更正，该怎样与我的泌尿科主管医师说清？虽然我已取得正式学籍，但是如何向老师开口？

“……必须终身服用新斯的明类药物。因为国内外都没有根治的好方法，加上他又随时有生命危险，所以还能活5年？还是 10 年？谁也说不准……”

想起 6 年前杏林省立医院我的主管医师对父亲说的一席话……

“老师，我原来患过……重症肌无力，一直服用新斯的明类药物……病情控制得很好，这不……我还参加了军训……”我像做贼似的声音越来越小。

主管医师惊愕不已，打断了我的话：

“赶紧请神经内科医生……对，汇报上级医师，最好把神经内科主任请来！”

“神经系统检查病理征未引出，肌力Ⅲ级，综合考虑：重症肌无力轻度全身型、延髓肌型，赶紧转我科！”神经内科主任不容置喙。

我长长地舒了一口气……

## — 84 —

“放心吧！你的静脉肾盂造影结果阴性，已排除阴性结石；胸腺未见异常，排除了胸腺增生。”神经内科我的主管医师边看 X 片边对我说。

“朱砂哥，这三天我打了含氯化钾吊针后，静脉穿刺部位特别疼而且手臂难以平举，难道疼痛会使肌无力加重吗？”我以请教的口吻向实习医师朱砂反映。

“这个问题我会向老师及时汇报的。另外，黄芪弟，关于这个病你要想开点，身体才是革命的本钱，不要老是想着去上学，每天晨会交接班老师们都针对你的病情讨论治疗方案，总之，你是重点对象……”他每次和我沟通，均饱含深情。

朱砂就读于杏林省另外一所医学院临床医学专业，今年大五了，被安排到杏林省红十字会医院毕业实习一年。

我第一次叫他老师时，他说：“我们都是未来的医生，我大你一岁，你就叫哥吧。唉！这病，我轮转到这个科3个月了，就只碰到你一人，你太不幸了。”

“肌无力危象有二：一是新斯的明量不足导致的肌无力危象；二是新斯的明过量导致的肌无力危象，也称胆碱能危象。你作为医学生，应该明白！”医院请来会诊的杏林省立医院著名神经内科专家指导下级医师的同时我亦受益。

“他自己6年多来不断加用新斯的明类药物，居然没有发生严重的胆碱能危象，真是不可思议！鉴于他病情较为严重并且还在发展中，必须用激素治疗方可控制，唯一的选择是到我院，当然，最好是到远志医学院附属第一医院……”60余岁的专家神情凝重。

走出医院大门，我才发觉虽是国庆节后几天，但节庆氛围依旧浓重。

我花了1毛钱拽上2路公交车扶手，坐在靠窗的座位上，手里攥着转院证，如何向班主任及年级主任开口，我内心几近崩溃……

“啊，军人就是军人！哼，学生还是学生！”

我一抬头，发现旁边坐着的军人已把自己的位置让给了别人，而几个站着的乘客对着我指指点点。

一看花里胡哨的打扮便知这几人是当年那批“下海”人。

本来，离站点，就只差一站。

而此刻的我，却无可奈何，不得不尽力支撑起困重的身体，把座位让给一位体态丰腴的中年女子，慢慢地往人少的地方移步，站稳后，双手紧紧抓着过道上的扶手……

## — 85 —

“别难过！我们正在想办法，你的问题已上报系里和学院领导研究了，你赶紧发加急电报通知家人来学院。另外，在没联系好远志医学院附属第一医院病床时，你和主管医师说还得继续住在他们医院……”

对我说这话的年级主任香附老师目光里透露出一丝淡淡的担忧……

在一旁的班主任迎香老师欲言又止……

到邮电局时，我的脑袋嗡嗡作响，仿佛有扇墙堵住了去路——

为什么要通知家人？

不就是转院吗？

难道是学院要当着家人的面把我劝退？

如果我真的被劝退，那么我的身体以至于我的生命？

……

大哥陪着父亲在教师会议室与中医系领导、年级主任、班主任商量着我的问题。

蓝蓝的天在阳光的陪伴下偶尔飘过一缕缕白云进入了我的视线；树上的鸟鸣伴随着教室里老师的传道授业声进入了我的耳朵……阳光、空气、大地，偌大的空间，难道就没有我的栖身之处？现实就真的这么残酷？

看看手表上小跑着的秒针，把把自己的脉搏，心率好快，怎么，整个心脏就像要马上蹦出来似的……在室外徘徊等待真是一种煎熬呀！

等呀，就这样等，终于等到我可以进入会议室了。

自上中医学院以来，所有的血管紧张素似乎凝集在一起瞬间化为利剑直穿我的十二经脉、十五络脉、十二经别、奇经八脉直至五脏六腑，逼得我大脑一片迷茫，四肢百骸一片混沌……

我，几近瘫软，整个身子跌坐在椅子上。

“黄芪同学，你带病勇敢地完成了军训任务，说明你很坚强，很有毅力，值得肯定和赞扬；医学院校本是培养救死扶伤人才的摇篮，你身患重病，学院不会不管你，学院已决定对你实行革命的人道主义！”

中医系副主任代赭石教授这一说，我眼眶一热，就想掉泪。

代赭石教授话锋一转：

“鉴于你这个病是我们学院建院以来发现的第一例，治疗周期长，所以你得休学安心治疗，治疗费用按学院学生学籍管理制度报销……”

刹那间，我傻眼了！

“谢谢老师！我……我不想……休学，我想，边上学……边治疗……我会按时完成各门课……”

我站起来，向老师们深深地鞠了一躬，并断断续续地小声哀求道。

“你是好样的，要听话，只有身体康复了才能更好地读书……”香附老师很难受。

我侧头与迎香老师目光相遇时，她赶紧擦了擦眼角并很快把头转向了另一侧……

父亲和大哥向老师们道谢后，我们就离开了会议室。

父亲说："这所学院太好了！刚才我和学院签了一年的休学协议，老师们说了这一年只要是在我们省内不管住哪家医院都要千方百计地给予支持……"

大哥接着说："是的，真没想到学院这么好！但要是一年还治不好，就得退学……"

"篮球场上那些活蹦乱跳的小伙子，哪个不是手长腿粗的……唉！只有我的这个幺儿……"父亲一路上都在心酸着。

"已经读大学了，还得休学……"大哥叹着气。

我内心五味杂陈，静静地听着，慢慢地走着，默默地想着……

## — 86 —

我第三次转院的那天。

拿着学院中医系的证明，卫生科科长的签名，再到财务处拿到 1000 元的支票后我便到宿舍收拾东西。

整幢宿舍大楼空无一人，同学们都去教室上课了。

打开门，我的被子、床单、蚊帐被洗得干干净净，叠得整整齐齐，安安静静地躺在床铺上……

妹妹你大胆地往前走呀

往前走莫回呀头

通天的大路

九千九百九千九百九呀

……

与你喝一壶呀

红红的高粱酒

……

放学了，其中的最高音还得数高大帅气的侠溪。这下，不只是我们宿舍，怕是整幢楼都要沸腾起来了。

“黄芪，你回来了……”见到呆呆地盯着床铺的我，大家兴奋得七嘴八舌：

“我们是团结友好的宿舍。”

“你虽然休学不在我们班了，但你永远是我们班的同学、我们的室友。”

“你的铺盖行李是最勤快的申脉……”

面对大家，我，无言以对……

“我知道你能干这些活，也知道你总是想自己的事自己做，但得知你患的是这个病后，我就想为你省点手力。”

刹那间，我的内心深处，不再是无力感……

拎起包告别室友后，我路过位于教学楼附近的“中药苗圃园”时，突然发现——

它的外墙，白天在阳光照射下仿佛披上了一层刺眼的光泽，竟然一改夜晚月光下那苦不堪言的灰头土脸的面貌，加上周边几簇茂盛的小花小草，不仅焕发了生机，还点缀出色彩和美丽；外墙上一个不显眼的地方那几片横七竖八哪怕悬空倒挂着也能存活的仙人掌，与苗圃园温室里那些整整齐齐甚至刻意培育才能活着的种苗相比，不禁让人惊叹：二者的生命力还真是不一样！

# — 87 —

远志医学院附属第一医院神经内科住院部。

一大早，天就雾蒙蒙的。

上午 9:00。

“诊断正确！虽然病史长，病情复杂、各型兼具，但现在的首要问题是尽快纠正延髓肌麻痹导致的吞咽困难，避免呼吸困难发生。一是完善相关检查，行胸腺 CT 排除胸腺异常增生或胸腺瘤；二是每天给口服激素强的松（5mg/ 片）20mg，每周加 10mg 直至足量观察是否缓解，这是激素渐增法；三是密切关注病情波动，必要时增新斯的明量，如果出现胆碱能危象则用阿托品对抗，要注意初期使用激素大都会出现肌无力加重甚至发生危象……”科主任知母教授查房时面对簇拥在旁的各级医师、进修医生和实习医生做指导指示时，既和蔼可亲又沉稳老练。

之后，50 多岁的她又亲切地缓缓对我说：

“对了，小同学，原来你是中医学院的学生，你现在上睑无力、抬颈无力、咀嚼无力，吞咽困难并伴有轻微的呼吸困难，虽说很严重，但听了你的叙述，我认为你对此病很了解也很理解，这样我就放心了，我们先内科保守治疗一段时间观察效果，再结合胸腺 CT 结果来确定是否外科手术……”

“谢谢知母老师！我一定按您的方案积极配合治疗！”

看到知母老师自信的眼神和笑容，听到即将加用激素，6 年来仅靠新斯的明类药物维持现状的我，心里的那个喜悦和激动，就似到了九霄云外！

窗外，云开雾散。

中午 12:30。

“老师好，我想用你们的座机电话向我们学院的老师汇报治疗方案。”我对医护办公室的玫瑰花护士长恭恭敬敬。

“好的，你进来吧。”她笑了笑。

下午 5:30。

“编外 7 床，你现在去 CT 室等候做检查。”责任护士到病房通知我。

“我一个地委书记居然不如你一个小屁孩，你究竟是什么人？我是省委书记的秘书拿着书记亲自写的条子交给了院长，怎么还轮不到我？”和我同时入院的邻床老干部心焦地问道。

在省委会堂好好坐着开会的他，突然就头晕目眩，从椅子上掉了下来，送到医院，医生说是脑血管意外。你别说，还真是个意外！

“对不起！编外 6 床，我问过了，我们科只加做编外 7 床一人！ CT 室主任说这人是医学生，是他 30 年前上医学院时同学的学生，病情严重，哪怕加班也得做！”责任护士回答。

哦！明白了，中午通电话时香附老师就说我们学院病理教研室主任白薇教授和这所医院 CT 室主任是同学。

“真是县长不如县管！唉，事发突然，高干病房没空床，我才被安排来这里暂住，想当年……”我走出病房时，他还在继续讲。

事后获悉，全省唯一的这台 CT，除急危重症者临时安排外，门诊和住院患者都得预约：一般人两周，高干打招呼者一周。

晚上 8:00。

当班护士通知：编外 6 床明天上午转高干病房。

## — 88 —

我住进远志医学院附属第一医院的第三天晚上。

一进病房，班主任迎香老师就意味深长地对我说：

“黄芪，我和同学们来和你一起过生日，你不幸患上这个病，被迫休学，我们大家都很难过，你要安心治疗，虽然你学业落后了，但我们全班同学无时无刻不在关心着你，你一定要挺住！只要这次病难你挺住了，在你今后的一生中，哪怕爱情、婚姻、家庭、事业等无论碰到多大的挫折，我相信，都一定会迎刃而解的！毕竟，你患上这病 10 多年来，坎坎坷坷，都熬过来了……”

说着说着，迎香老师的声音越来越小，她的眼圈已经红了……

我忙安慰老师说不要为我担心我挺好的，并和同学们有说有笑。说笑到了高兴处，我也跟着激动起来，那劲头儿，不亚于别人。

随后，同学们眼里噙着泪水为我轻轻地唱起了生日祝福歌……

老师和同学们离开的那一刻，我再也抑制不住自己的情感，直接被刺中了“涌泉”穴——泪如泉涌！

有时候我觉得自己像一只小小鸟

想要飞却怎么样也飞不高

也许有一天我栖上了枝头
却成为猎人的目标
我飞上了青天才发现自己
从此无依无靠
每次到了夜深人静的时候
我总是睡不着
我怀疑是不是只有我的明天没有变得更好
未来会怎样
究竟有谁会知道
幸福是否只是一种传说
我永远都找不到
……
我寻寻觅觅寻寻觅觅一个温暖的怀抱
这样的要求算不算太高
……

当我尝尽人情冷暖
当你决定为了你的理想燃烧
生活的压力与生命的尊严
哪一个重要
……

那晚，耳朵里塞着耳机听着音乐，一直到深夜，我才睡去。

# — 89 —

寒露节气。

“黄芪，今天学生会广播倡议全校同学为中药系专科班的一名休学同学捐款，他是视网膜脱落晚期，我们省内不具备治疗条件，准备赴上海手术。我们商量后，也想搞一次全校为你捐款的倡议……征求下你的意见。”

傍晚，申脉一进病房就快言快语，直接把随同者华盖忽略了。

“不要为我搞捐款，一是学院已承担医疗费大头，个人只出小头，就我家的条件没问题，同学们来自不同地方，每家情况不一，都不容易，我绝对不想增加大家的经济负担；二是中医本科班的同学休学治病也不搞捐款；三是捐款的那个同学与我情况不同，他是到上海做手术。我们年级三人同时休学治病的情况我是这样分析的，你俩觉得如何？”

华盖急忙发言：“我就知道黄芪是不会同意的！”

“好！分析得在理，我完全同意你说的，回去后我就告诉其他同学……”申脉也很干脆。

把他俩送出医院大门，恰好碰到青黛姐和她的丈夫雄黄哥在散步。

“黄芪兄弟，你既然已办理了休学手续，就要全力以赴一心治病，远志医学院附属第一医院是我们省技术力量最强大的综合医院，你能够到那里治疗，是不幸中之幸！全省得这个病的都集中在那里……”转院前我与朱砂哥道别时，他满怀深情地鼓励我。

这不，与我同日入院的青黛姐就与我同病。

青黛姐是远志市小丁香幼儿园的老师，她虽与我同病，但仅为轻度眼肌型，所以只需新斯的明类药物即可控制。

真羡慕青黛姐可以到大街上散步，而我则必须遵医嘱回病房静养。

因为编内病床紧张，所以我和青黛姐一入院就被安排到了编外病房。

还好，编内病房与编外病房的外围连在一起，中间那椭圆形的天井，恰似陶渊明笔下的“世外桃源”，在此仰望星空，别有一番情致。置身其间，此刻此景此情，不由得让人想起宋朝王安石的《八月十九日试院梦冲卿》：

空庭得秋长漫漫，
寒露入暮愁衣单。
喧喧人语已成市，
白日未到扶桑间。
永怀所好却成梦，
玉色彷佛开心颜。
逆知后应不复隔，
谈笑明月相与闲。

— 90 —

“小同学，虽然你的 CT 显示胸腺没有任何问题，但你已办理一年休学，有足够时间观察使用激素的疗效了，今天按计划加强的松 10mg……”第二周查房时知母主任说道。

“好的，我听您的！知母老师，我有一个请求，您能答应我吗？”我鼓起勇气问。

“只要你提的请求合理，我当然会答应！”知母老师笑眯眯地看着我。

“您大查房时，我想跟着您学习，提前见习！”我边说边把白大褂拿了出来。

“好啊！这是好事，不只是我查房，就是平时其他老师查房你都可以跟着学习，将来你还可以搞中西结合嘛！”知母主任十分赞许。

得到知母老师的鼓励，我开心极了！

从那天起，上午查房，我要么着白大褂，要么着病号服，穿梭在医患间；下午我边整理笔记边对照着教材学习、思考，碰到特别难懂的问题先放一放，碰到急需弄明白的问题就向老师们请教。晚饭后，我会把自己学到的知识分享给病友们，并把掌握的部分内容对病友们进行科普。

随着学习方式的改变，有了一定的体会和认识后，我居然可以查看重症肌无力患者的病历，亦可以翻阅格林－巴利综合征、周期性瘫痪患者的病历，当然我是以准医生的身份做出过保护患者隐私承诺的。

紧接着，与青黛姐同病房的玉竹姐患的脑炎、杏林师范大学学生患的脑白质营养不良、从晴明州立医院转院来的急性脊髓炎……一个个具体的疾病逐渐向我走近，丰富了我那段时间的治疗、学习和生活。

# — 91 —

“暂时不考虑胸腺手术，虽然第三周了症状没丝毫改善，但知母老师说继续观察，所以我有信心！”我对砂仁说。

离远志医学院最近的附属医院当属第一医院，它们之间的直线距离仅两站公交车的路程。所以，砂仁平时晚自习结束后也会到医院陪我。

砂仁已上大三，上午在学院上课，下午做实验或到医院见习，整天忙忙碌碌的。

“但是我了解过，对一个疾病的治疗，一般是内科治疗和外科治疗，内科治疗起效较慢而外科则立竿见影。如果做手术，我每天晚上都来看护你……”

面对砂仁的提议，我赶忙说：“外科也有风险啊，再说我的胸腺正常没手术体征呀！我只能‘既来之，则安之’，我现在过得好好的，你就别担心了，虽说我第三次休学，同学们上他们的课，我也没闲着，在学习呢，况且我身边还有几位权威老师，你看看我最近买来的这两本书……”

说着说着，我俩会心地笑了。

砂仁刚离开，一个爽朗的声音即刻响起：

“黄芪，别担心！何时做手术告诉我？我和申脉、华盖、承山来轮流看护你……”风池不知从哪里一下就冒了出来。

风池到底与众不同，同学们都佩服他最能理论联系实际，以及谈吐间那清晰的思路。

他一旦话匣子打开，便如滔滔江水，住不了口，旁人要插话，谈何容易。

你看他那眉飞色舞的样儿，咋忍心去争辩，见怪不怪，我权当好听众便是。

听了一阵儿，校园情景总在眼前晃悠，同班同学已上大二，而自己当下的处境，还是这么单调和沉闷，我也只能对他及同学们心生羡慕和嫉妒了。

## — 92 —

“又来拿支票？你究竟要住到哪个时候？如果再多几个像你这样的学生怕是我们学院要关门了！”

面对学院卫生科科长沙棘老师的抱怨，我就像做错事的小孩般怯怯地说：

“对不起老师，对不起学院，我也是没办法。其实医院的老师很关照我，一个月来几乎没输液而只用口服药，刚住院时只做了一些相关检查，最贵的是做了一个部位的 CT，医院叫我回学院再开 1000 元的支票……”

“CT、CT，你还做了 CT！还只做了一个部位？你说你还想做几个，是不是还想做全身 CT？我告诉你有多少地厅级领导、离休干部都没做过……”我这一解释，直接把她气得连脸都扭曲了。

我愣了一下，一动不动地站在那里，不再吭一声，显得有些卑微……

她从鼻孔“哼”出一声，“刷刷”签完字，“蹬蹬蹬”便离开了。

坐在她办公桌对面的卫生科副科长路路通老师摇摇头，摆摆手，做了一个无可奈何的动作，说：

“同学，本来你患上这个病就很不幸，怎么能怪你呢？沙棘老师平时也没坏心，这段时间估计是更年期，肝阳上亢！把不良情绪带到工作中了。嘿嘿，她丈夫还是省教委副主任呢！”

路路通老师说的这位王不留行副主任是个务实的好官，几年前就在省粮食局副局长、机械厅及化工厅副厅长任上历练过，已干副厅多年，一直未去掉“副”字，也许是跟他不走“上层路线”有关，或是别的什么原因，不甚明了。

听罢两位老师所言，也不无道理，我心里越发不平静，不禁心生感喟。

路路通老师顿了顿，又说：

“其实，以后你来开支票，只要她不在，找我也行哩。学院领导、中医系领导以及老师们都关心着你，你不能生气！”

是呀，走在布满荆棘的路上，只要改弦易辙，就不可能走不通——“条条大路通罗马”嘛！

“谢谢！谢谢老师！”我感动得向路路通老师连声道谢。

我明白着呢，我已经生病，就不可能再生气，也不会生气，否则会有生不完的气，因为，我就没有生气的理由！

## — 93 —

“田基黄老师，近两个月，我的症状稍有改善，但激素的副作用如痤疮、多毛、肥胖也随之出来了，我能否请我们学院的老师配上中药搞中西结合？书上说中医的‘扶正祛邪’可针对西医的自身免疫性疾病进行治疗，我听说我们学院的治癌专家白花蛇舌草教授就是采用这种方法调阴阳，从而使异常的免疫反应得到纠正，当然他也用此法治疗过部分自身免疫性疾病。”我找到正在医护办公室写病历的主管医师请示。

“怎么可能！你们中医充其量就是解决感冒、咳嗽、腹泻这些小毛病，我劝你最好不要异想天开！你自便吧。”想不到他是个中医排斥者。

走廊上，我碰到玫瑰花护士长时，把自己想服中药的想法告诉了她，想不到她立即表态：

“中药好啊，前两天我身体不适还去看中医呢，你煎药可到病号电炉房，但要注意安全！”

想到晚上就可吃上中药，我便行动起来。

常听人说，公交车上只要见到装有中药的背篓，还把高过背篓的中药往下压实，再用细绳拴得紧紧的，便是白花蛇舌草教授诊治的癌症患者及其家属，他（她）们大都来自外地，每次来都要带走至少 1 个月的药，这种干劲，可不一般。

果不其然，门诊处，几乎都是背着背篓的来者。经他一番望闻问切，我购了 5 服药，又到五金门市部买了一套煎药器具　　锑锅[1]、简易电炉及电线插头。

我，整整一个下午，都在走，噢！好像脚底生风似的，不仅快，还有力。

心里总在期盼着白头翁教授的特殊查房日。

白头翁，教授、主任医师，硕士研究生导师，从事神经病学医疗、教学、科研 40 余年，是杏林省神经病学创始人，远志

1　20 世纪 80 年代末 90 年代初，在一个简易电炉上放置锑锅熬中药是标配。

医学院附属第一医院神经内科原主任。

周边省份的患者之所以云集至远志医学院附属第一医院神经内科求治，皆缘于白头翁教授。

白头翁教授学术造诣深，影响力大，常游走于国内外讲座、交流、会诊，但就是这样一位躬耕于医学殿堂力挽沉疴无数的专家学者却在古稀之年不幸患上帕金森病！故而他每个季度只查一次房，每次仅查3个典型病例。

能得到白头翁教授查房并能仰其真容，我激动不已！

## — 94 —

上午9:00，白头翁教授准时查房。

不仅室内拥挤不堪，就连室外的天井都挤满了“白大褂”，我真是开眼界了！

一见到精神矍铄的白头翁教授，本可以正常睁开的左上眼皮突然又耷拉了，我既兴奋又紧张，那是一种憋气的感觉。

“针对小同学，两点：先说胸腺切除术，就目前我省心胸外科、麻醉科的条件而言，其风险是两个50%，一个50%是手术台上生、死各占一半；另一个50%是术后只有一半的好转率。鉴于小同学无手术体征故不予考虑手术。再者，不管中医西医小同学总是学医的并已具备一定的医学知识，所以对他的治疗我们可以大胆一点，激素治疗已三个月，疗效虽说开始显现，但仅为上睑下垂有改善，而按其50公斤体重予强的松50mg足量已两个月仍不理想，所以必须按足量的50%再增加强的松至

75mg，但谨防危象！”

我的左上眼皮突然正常睁开了，憋气感也突然消失了，我正准备脱下病号服换上白大褂。

跟随白头翁教授一行已穿过天井快要进入编内病房的田基黄老师突然出现，吓了我一跳！

他低下头，用手把我放在病床下的那套煎药器具“哧啦”一下拽了出来，一脚踹上去，“咣当”一声，锑锅与电炉即刻分身“嘀哩咕噜”地滚到了天井里，中药渣呈弧形散落在稀泥里……

“一股难闻的中药味，像什么话……”他有点歇斯底里，一个急转身便消失了。

见到龟缩在下水道出口处满是伤痕的器具时，我的心里倏地一疼……

“这套器具5块，这服药3块5才吃了一次……”我蹲下来，一边捡起药渣往锑锅里放，一边喃喃自语。这时，隔壁病房的青黛姐、玉竹姐赶忙过来帮忙捡起电炉和清理电线插头，其他病友则把我围作一团，有的还拿来了扫帚……

青黛姐颤声安抚我：“老弟，坚强点……药渣里已经掺进了泥沙，不能吃了……”

我含着泪答非所问：“那几本书我都舍不得买，这点钱说没就没了……”

— 95 —

次日午餐时间。

“打饭喽！打饭喽！”送病号饭的小推车已到走廊，我端起饭盒走出了病房。

排队等候中，突然，我的双手猛地一阵颤抖，饭盒飞快地摔了下去，左侧忽然漆黑一片，迅速扩散至右侧——双眼前一片黑暗，我踉跄一下，便失去了知觉……

“啊！苏醒了，苏醒了……”我恍惚中听到，定睛一看，是砂仁。

我正要侧身，砂仁忙说：

“别动，你身上有东西！还好，今天下午我被安排来见习，刚到这里，才知道你在抢救室……3个多小时了你一直在昏迷中……”

哦！我正在吸着氧、输着液、心电监护仪监护着……

我对刚进门的主管医师请求道：“佩兰老师，我能回普通病房吗？我清醒多了，已没啥问题。再说，也想为我们学院节约点医疗费。”

当说到“想为我们学院节约点医疗费”时，我的内心泛起一阵涟漪，声调突然变低，低得连我自己都难以听清……

上午8:30查房时，知母老师对我的主管医师做了调整：以后不再是田基黄老师，而是佩兰老师。

重新回到普通病房后，我得遵医嘱：卧床静养。

“老弟，我办完出院手续和你雄黄哥来向你告别，平时有老师、同学来看你，热热闹闹的，但马上放寒假，你在远志举目无亲，记住我们就是你的亲人，这是家里的地址，有事找我们，千万别客气啊！你一定要照顾好自己！”青黛姐边说边把写有家庭详细地址的字条递给我，雄黄哥则把拎着的水果和奶粉轻轻地放在床头柜上。

“谢谢青黛姐！谢谢雄黄哥！”我连忙起身，紧紧抓住他们夫妻俩的手……

“不下床，听医生话，有空我和你青黛姐就来看你……”雄黄哥边说边按住我。

青黛姐用上新斯的明类药物后上睑下垂、复视已消失两月余，真替她高兴！但她仍须长期服用该类药物，我便宽慰道：

“青黛姐，不怕，你是最轻型，先服着西药，但一定要谨防感冒、腹泻，注意休息，避免情绪波动；另外，我会一直关注着我们这个病的治疗方法，一旦有好的消息我会及时联系你们；再说，我是学医的，并且是学中医的。”

## — 96 —

一觉醒来，睁眼自如，试着闭眼，嗯哼，亦自如；对着镜子，左顾右盼，连续睁眼、闭眼，闭眼、睁眼，数次，还是自如！手指伸至嘴中，上、下牙一合拢，稍用力，啊哈，疼！再拍拍脸面，竟很自然，我不禁喜笑颜开！

如今，除复视稍现、咀嚼微酸外，睑肌、面肌、舌肌、咀嚼肌、咽喉肌，多个肌群已变得自如与自然了。

瞬间，便想到昨晚入睡前，在天井里仰望星空，虽似坐井观天，少了些眼界，但那些闪亮的星星离地面则又像是近了些，那么清晰，好像唾手可得；睡梦中还依稀看到那些闪亮的星星划过的痕迹，像是气流，有点神秘，这或许是种预感，亦可能是我多了份幻想。

强的松增至 75mg 才一个月，困扰我整整 7 年的延髓肌无力就被解除，托起下巴方能进食也成了历史！

从眼睛开始，到说话、吃饭、吞咽、呼吸，甚而还牵连到全身……从不幸到悲惨的这一路遭遇，我近乎绝望。现在，却都消失！

“走，我请你吃烧烤！”晚上 9:30，一进病房就获此喜讯的砂仁，竟高兴得跳了起来，推着我就朝外走。

“来，吃猪蹄，多吃点……”看到我的吃相，砂仁笑了。

我也笑了。这个笑，已不再是掩饰的笑。

“我们好久没来看你，你为啥长成这般模样？”风池一进病房就想调节气氛。

“风池，你这风风火火的性格什么时候才能改？”承山眼里掠过一丝担忧，怕我生气，忙插话。

“你们不懂吗？满月脸、向心性肥胖……这是激素的副作用。”申脉很专业。

“黄芪，你现在的激素量用到多少？”华盖则转移话题。

我哈哈大笑，直接吓了他们 4 人一跳。

为避免误会，我又笑了，说：

“同学们，我的症状全消失啦！这点激素的副作用算什么？强的松每天 75mg，体重从 50 公斤增至 65 公斤！体形不变才怪呢？”

寒假将至，他们特地从学院赶来与我道别。

他们告诉我，班主任迎香老师已换成支正老师，还说第一节班会上支正老师就问班里有否晴明州的？哦，原本 30 人，现在却 29 人，休学那个恰是晴明州唯一一个！

哇，原来他是晴明人，于 20 世纪 80 年代初从晴明州一中以优异成绩考入上海中医学院针灸推拿学专业本科，毕业即分配至杏林中医学院任教。

“黄芪老弟，你玉竹姐今天出院，元宵节那天，你必须到我们家一起过。”玉竹姐的丈夫硫黄哥很认真地说：

“你玉竹姐的脑炎恢复得这么快，与你对她的鼓励、开导是分不开的，她的主管医师也是这么说的……”

他们5岁的女儿小茴香用她那双小手紧紧地拉着我的右手食指，不断地说着：“叔叔你就答应嘛！我还要听你讲猪八戒的故事呢……”

拗不过他们一家的盛情，我便说道：

“小茴香，只要你乖，叔叔就答应！”

“小茴香一定乖，来，叔叔，我们拉钩！”

看到小茴香开心的样子，我们都笑了。

## — 97 —

“厅长，我们都联系好了，您还是去高干病房吧！这是6人间的编外病房，条件太差，您不能住这儿……”

午睡中的我被吵醒，定睛一看，两个年轻男子搀扶着一个身穿毛呢中山装的老头，朝着紧挨着我的编外6床来。又进来一个打扮得体、气质高雅的老太太，拿着鲜花、洗漱用具、衣服的几个男女紧随其后。

搀扶着老头的那两个男子将其扶坐在床上，一个弯下腰为其脱皮鞋，另一个还在说着：

“首长，我们还是去高干病房吧！”

“你说啥子哟，其他患者能住，我就能住嘿！你们不能忘本哦！我就是来这里体察民情的！你再说，你出去！你们都出去！”老头火真大：

“他胆敢闯入病房，我就捅死他！”老头已然怒火攻心，从腰间突地拔出一把匕首在众人面前一亮……

头次遇到这种热闹，我有点窒息，赶忙下床溜之大吉。

次日上午，我蹑手蹑脚地走进病房。

“小伙子，你昨晚去哪儿了？我听说你是中医学院的学生嘛，是这个病房乃至这个科的‘老革命’哟，想和你聊聊嘿。”

看到老头露出的笑容，我便与他多了些亲近，打趣道：

“叔叔好！请问您那把匕首……”

“哇哟！原来是被我那把匕首吓着了，我告诉你匕首昨晚已被我老伴收走了！哈哈哈……”

听到老头爽朗的笑声，我便放下心来：

“父母好不容易把我养这么大，昨晚，万一您出现幻觉用匕首捅我……我岂不是太冤了？我怎么对得起关心我的家人、老师、同学、朋友、医生、护士和所有人呢？”

岂料，老头马上“晴转阴”并长长地叹了一口气：

“昨天，我就是被那个龟儿子气得血压升高才住院的！想当年我指挥千军万马战无不胜、攻无不克哟……他从小在军营长大，想不到我转业到地方工作对他的管理放松了以致考学考不上，安排进工厂工作三天打鱼两天晒网，整天就是游手好闲、不务正业……面对花花世界竟然发展到寻求毒品刺激！唉！那个孽子与你同龄哟……”

原来，老头生于20世纪30年代，抗日战争胜利那年15岁的他便从大山深处走出来参加革命，亲历了解放战争……

他，从某集团军一个整编师的师长转业至地方担任省直部门的厅长，一干就是10年，其间，鉴于他对革命的贡献、对党的忠诚、对人民的热爱，中组部曾经找他谈话拟提拔他为副省级领导干部，他用邓小平同志在20世纪80年代初说过的“让老人、病人让出位子给年轻人”，并以身上枪伤刀伤易复发为由谢绝了组织的好意。

年满60岁的他这几天正在办理离休手续。

知道这一切，我不由得对他深表敬意，对他的儿子深表遗憾，对他的家庭深表忧虑。

## — 98 —

立春那天。

“我和3位老师受学院领导的委托，代表学院、也代表中医系来看你，预祝你春节快乐！早日康复！”代赭石教授握了握我的手说道。

几位老师不断地对我嘘寒问暖，留下慰问品，走之前还不忘嘱咐我：

“记住：学院食堂每年大年三十都为不能回家过年的毕业实习同学制作特别的免费晚餐，只需持学生证即可……”

学院一直保持着春节前对住院的教职工进行慰问的优良传统。

这次到远志医学院附属第一医院进行慰问的组长是中医系副主任代赭石教授，香附老师等人为组员。

中医系一位资深教授也在该院住院治疗。

我一学生，居然有此待遇！倏然，一股暖流从心里涌了上来，与这个冬天的寒流交织在一起，颇有几分“寒者热之，热者寒之”的味道。

“不错嘛，你们学院真用心，还牵挂着你哟！”厅长若有所思地对我说道。

“是的，叔叔，我真是受宠若惊呀！”我懵了一下。

对了，入院时搀扶他的那两个男子之后就再没出现过，一个是他的秘书，另一个是他的司机。

原来是他对他们有纪律要求：不能影响单位工作，不准下属来探望。

住院期间，照顾他的人就一直是他老伴和他女儿、女婿，这不，他今天出院，他的家人正在出院窗口办手续呢。

“小黄芪，我选择和你们住一起，收获诸多，感触颇深，认识你很高兴，你与病魔战斗的经历，充分体现了改革开放以来青年学子坚韧不拔的毅力和百折不挠的精神……你要到省政府家属区我家里耍噻。是不是？老太婆……”厅长一板一眼，看了看身边的老伴，说。

“在医院的这几天，你叔叔老是夸你，这么多年，你真不易也真不错！这个磨难，对你而言是一种人生财富……记得一定来家里。”打扮得体、气质高雅的厅长夫人笑容满面。

“谢谢叔叔！谢谢阿姨！”我又一次懵了。

他们离开医院已是傍晚时分，我推开窗户，空气中夹杂着寒湿之气吹到脸上仍然刺骨得冷。

# — 99 —

孤身一人在外过年，我还是头一次。

偌大的医院，平时那种赶集似的热闹场景在大年三十这天仿佛按下了暂停键，竟这般冷清。

下午，我向值班的医生和护士请准假后回到了学院。

我们宿舍所在楼层非毕业班所住，所以空荡荡的。

晚餐时，一进食堂我便发现菜品丰盛又精致。

“虽说免费，但别浪费！祝同学们春节快乐！”食堂师傅一边说着一边打着菜。

看到桌上一盆又一盆的肉食，我饥肠辘辘的胃恨不得把它们全部消灭掉。

我左手端着盛满 3 公两米饭的口缸，右手还端着一个空口缸：“师傅，来 7 公两半卤猪肉、一个炸排骨、一个蔬菜。”

“同学，你是一人量还是几人量？”食堂师傅很吃惊！

“师傅，放心！我能吃完。”看到毕业班同学们投来的眼神，我匆忙离开。

自从咀嚼吞咽与常人无异后，加上大量激素的作用，我就放开了肚皮吃，尤其是多年来未曾啃过的骨头……

我在宿舍吃完饭，不，严格地说，是美滋滋地享受完年夜饭。哦，鞭炮声怎么还没响?

家乡辞旧迎新的鞭炮声，大年三十那天，从下午 3 点开始就间断性地响起，并在晚餐达到高潮。

既然鞭炮声至今尚未响起，我为何不直接上街去体验体验这座城市的年味?

行人稀少、商店关门，整座城市就像在沉睡，这静悄悄的一切与平日的喧嚣实在让人难以联系到一起。或许，这座城市，也只有这个夜晚才算得上是365天中的一个休息日。

如果没有每家单位大门正上方的“庆祝春节”和两侧的彩带、彩灯还真难以让人相信“过年”了。

再次回到安静的宿舍，孤单的我好孤独，忆起家乡的年味，想起已过花甲之年的父母，内心不在平静，随手打开录音机，《我想有个家》的歌声便萦绕在耳边：

我想要有个家
一个不需要华丽的地方
在我疲倦的时候
我会想到它
……
在我受惊吓的时候
我才不会害怕
谁不会想要家
可是就有人没有它
脸上流着眼泪
只能自己轻轻擦
我好羡慕他
受伤后可以回家
而我只能孤单的
孤单的寻找我的家
……
只要心中充满爱

就会被关怀
无法埋怨谁
一切只能靠自己
……
永远都说没有爱
整天不回家
相同的年纪
不同的心灵
让我拥有一个家
……

## — 100 —

“同学，你很不幸患上这种病，但你作为医学生，我要明确告诉你，再过 10 年，我估计治疗这种病的方法也不会有什么新的突破或进展，因此，你要挺住啊！另外，你在我科住院已近半年，症状消失已逾两月，虽然强的松已从 75mg 减至 50mg，但其副作用仍在持续，再递减，恐反弹……我们也晓得你只有住院才能按比例报销医疗费……我们已经尽力，只能治到这步了，所以建议你到你们附属医院住院再配合中医中药治疗……”佩兰老师面露难色。

科主任知母教授在旁边连忙抚慰我：

“黄芪，你继续住在我们这里已经没有意义，我相信你们学院的中医专家一定会把中医和西医结合起来考虑……你不要难过，问题总会解决的，没有迈不过去的坎儿！”

正在这时，玫瑰花护士长赶到病房，她略带伤感地说：

“同学，你是一个与人为善、助人为乐的人，常以积极乐观的态度去感染和影响身边的患者，所以大家都说你是‘活宝’，我们也舍不得你出院……”

医生、护士、病友……乃至天井里的一草一木，倏地飞入我的脑中，让我深深留恋这段美好的时光；收获与艰辛，温情与理解……乃至喜、怒、忧、思、悲、恐、惊，蓦地沁入我的心里，令我暗自感叹“逝者如斯夫”。

“谢谢知母老师！谢谢玫瑰花老师！谢谢佩兰老师！这段时间，我给你们添了很多麻烦……也学到了许多知识，我会来看你们的……”

离开医院，我走得很慢，想到每天都在病房的天井里仰望天空时，眼前便变得有些模糊了……

## — 101 —

3 月的远志，万象更新，乍暖还寒。

一个春雨绵绵的上午，我气喘吁吁地拖着“肥胖”的身躯在一条小巷里穿梭，原来，新近开诊的“杏林中医学院中医系专家门诊部”位于这条学院侧巷。

我紧紧盯着“出诊专家一览表”，生怕漏掉一个字——

中医系主任孟教授，上海人，1962 年毕业于成都中医学院六年制中医学本科，擅长治疗红斑狼疮、重症肌无力、硬皮病、皮肌炎、干燥综合征等自身免疫性疾病……

哦！原来孟教授还担任着中医系主任。哦，原来副主任代赭石教授代替了孟教授外出那段时间的主任职务——主持中医系工作。

一看到“重症肌无力”5个字，我的脑海里再次出现那篇文章《重症肌无力是可以治好的》及其作者上海眼病防治所的陈贯一先生，顿时心潮澎湃……

照片上的孟教授在一头浓密黑发的映衬下显得十分精神。

门诊部挂号室、收费室、中药房取药处排起了长队，这不就是“酒香不怕巷子深”的场景吗？

看到孟教授诊室里的患者拥挤不堪，我只能忐忑不安地在门口徘徊着。

孟教授微微抬头送患者离开的余光突然扫到正在人群中张望的我，立刻问道：

“你就是患了重症肌无力的那位同学吧？你的年级主任香附老师最近对我讲了你的情况，都怪我这一年半载老是出差，让你受苦了，你先找个凳子坐下，待会老师会好好给你看！”

多么沁人肺腑的话语，一时间，春雨带来的几丝寒意荡然无存，接踵而至的是阵阵暖流传遍全身，悲伤、辛酸、无助的复杂心情瞬间即被“感动”一词所代替，忍了多日的眼泪终于夺眶而出……

“好的！老师，我等着您！”哽咽的嗓音里掺杂着阵阵颤抖……

我是孟教授看诊的最后一人，第53号。

在孟教授诊桌对面的两人系学院讲师，均为其多年的徒弟。

看到孟教授露出慈母般的笑容时，我有些受宠若惊；与她那犀利的眼神交集时，又感觉到我的内心世界已完全被她洞察，我有些不知所措。

“老师，您看了这么多患者，肯定累了，我给您加点热水吧！”我笨拙地拿起了诊室里的 8 磅水壶。

与照片相比，面前的孟教授更显精神；与同龄的知母教授相比，孟教授更显年轻。

“谢谢你给我加水！你自小患上这病还能考上大学，真不容易、真不简单……”孟教授一边把着我的脉，一边鼓励和安慰着我，一边中气十足地聊起与疾病有关的话题，最后，孟教授问我：

“你当时为什么报考中医学院？”

“为了治病！”我脱口而出。

“多么朴实的回答！”孟教授再次露出慈母般的微笑。

我虔诚地端详着孟教授为我开出的处方……

前些年连续两次高考“折戟沉沙”留下的阴影，总是令我耿耿于怀，心灰意冷，梦里偶尔出现的高考后遗症，又令我心慌意乱！现如今冥冥之中让我幸遇孟教授，这始料未及的惊喜，绝不仅仅是一个“心潮澎湃”所能包含的。

从那时起，孟教授成了我人生旅途中的第三个恩师……

## — 102 —

我辗转第四次住进杏林中医学院附属医院内二科的那天，正值清明节气。

我的主管医师芒硝老师是 20 世纪 80 代中期毕业的，恰好与马勃哥同班，读书期间担任武术队队长，经常代表学院参加全国中医院校和全省大学生武术比赛夺得名次，深得学院体育教研室主任的厚爱，在学生中享有较高声望，大家都亲切地喊他“大师兄”。

“同学，学院老师已对我讲过你的情况，你就安心在这里住到复学吧！附属医院就是学院的家嘛，当然也就是你的家喽！”查房的“大师兄”芒硝老师说话很实在。

“谢谢芒硝老师！”我真是一种回家的感觉！

芒硝老师继续道：

“同学，你知道吗？大学毕业第一年是见习期，第二年转正后才能管理患者，你是我转正后当医生 3 年多来见到的第一例重症肌无力，昨天我翻阅了几本涉及这个病的西医、中医书籍，我会好好研究的！”

“谢谢芒硝老师！这是孟老师开的处方……”对他的热心我再次表达感谢。

看着我递出的处方他“哦”了一声便转身离开了病房……

他的言行举止前后判若两人，我难免有点沮丧甚至惊慌。

## — 103 —

“黄芪，怎么样？住在咱们附属医院习惯不？”孟老师关切地问道。

“谢谢孟老师！挺好的，一种如家的感觉！”第二周在孟老师诊室复诊的我立即答道。

“你除了每周按时来我这里复诊外，其余时间都做些什么？”孟老师即刻严肃起来：

“你年龄不算小了，莫负光阴，以后我出诊时你就来跟我学习，就从你这个病开始！”

哈，我早有此意，只是不敢出口。

“真的吗？孟老师，我太想跟您学习了！”我边说边从书包里掏出早就准备好的笔记本和笔，并深深地向孟老师鞠了一躬。

从那时起，我就正式拜入孟老师门下，在其身边侍诊抄方。

也是从那时起，只要孟老师出诊，我就提前到诊室打好开水，抹净桌椅，为孟老师冲泡好热茶。

这个微不足道的程序贯穿了我那难忘而快乐的整个跟师历程。

也是从那时起，我白天跟师、晚上整理笔记，夜以继日。

这个周而复始的跟师历程，无论风寒暑湿燥热，我一直坚持到复学、坚持到学业完成离开学院为止。

复学期间除了考试时我不能跟师外，哪怕是上课时间我都会事先向任课老师请好假按时出现在孟老师诊室；到医院毕业实习期间，我更会利用空隙时间出现在孟老师诊室。

## — 104 —

“我告诉你，同学，3 周了，你就看不出来？你总是拿孟老师的处方给我抄，我不高兴！作为你的主管医师我为啥就不能按自己的思路去研究研究呢？”查房时，芒硝老师这通话，吓到了他身旁的实习生。

于我，倒已在预料中。

“芒硝老师，当时远志医学院附属第一医院建议我到这里住院的目的就是递减激素，您是知道的嘛！再说，吃了孟老师的中药，强的松两周递减 5mg，我刚减了 10mg，现在还用着 40mg，如果改成您的处方，我怕……”

“别说了……”芒硝老师打断我的话，同时提高了嗓门：

“这样吧，如果你继续住院，就必须按我研究的处方治疗！否则，就赶紧办出院！”

“芒硝老师，真就没商量的余地？”

“你现在就出院！”他手一挥便想转身。

“出院就出院！我总不能当你的试验品！”明白了他的怒，我不甘示弱，也很怒。

“你……”他挥出去的手又折回来指着我。

我收拾好东西骑上“春花”牌轻便自行车向学院方向蹬去。

一路上，心里免不了的空落落以至于痛……而街道两侧商店里的收录机又总是在播出电视连续剧《渴望》中的插曲《每一次》：

茫茫人海<br>
终生寻找<br>
一息尚存<br>
就别说找不到<br>
希望还在<br>
明天会好<br>
历尽悲欢<br>
也别说经过了

每一个发现
都出乎意料
每一个足迹
都令人骄傲
每一次微笑
都是新感觉
每一次流泪
也都是头一遭
……

听着、听着，禁不住一阵又一阵的透骨心酸，几度落泪……唉！真不争气，刚才与芒硝老师争吵的胆气哪去了？

## — 105 —

"孟……老……师……"我心如刀绞，泪夺眶而出……

"不哭不哭，碰到啥事了？慢慢跟老师说！"孟老师一边问一边从衣兜里掏出手帕要帮我擦泪……

我赶忙伸手阻拦，使劲想忍住泪……末了，还是抑制不住一阵阵的抽噎……

"这芒硝，真是盲目自大，狂妄无知！黄芪入院时我们就对他讲清了，抄孟老师的处方，对他来说是一个很好的学习机会，他怎么就不谦虚呢？这样吧，我再给体育教研室主任说……"香附老师愤愤不平。

“黄芪，听我的话，千万莫难过，你看中医认为怒伤肝、悲伤肺，你用上中药疗效已显现，如果情绪波动，将会‘逆水行舟不进则退’，那就得从头来，还得加激素，那不就成了前功尽弃？”孟老师冷静地劝慰道。

“至于这个叫芒硝的医生，年轻有思想是好事，各有各的学习方式，不能强求嘛！现在问题的关键是黄芪住院才能报销医疗费……”孟老师若有所思地看着香附老师。

“是啊！孟老师，还有一个关键问题是休学一年如果治不好就劝退……”香附老师很心焦。

“对的，这也是个问题，但这个病是罕见难治病，怎么可能一年就治得好呢？我们搞专业的人一定要尊重科学！我会在他复学前将他用的激素及所有西药全部停完，复学后由他自费服中药巩固便是！你看，现在的他除了激素的副作用外，哪里还看得出生病的样子？并且这段时间他跟我出门诊很勤快，很好学，很有悟性，他复学咋个会有问题呢……”慢慢地，孟老师皱着的眉头舒展开了。

香附老师和中医系办公室的几位老师也都松了口气。

“对了，黄芪，你不用继续住院了……”孟老师略微思忖后说。

我长长地呼出了一口气……

啊！如果人人都心平气和，多些善心，少点私念，那该多好啊……想到这儿，我的心里轻松多了。

# — 106 —

中医系开会研究上报学院后决定：在我休学协议期内，持门诊收据附孟老师门诊处方便可按住院规定报销。

这个决定，于学院于我均是两全其美：对学院而言门诊报销较住院报销更节约；对我而言于疾病康复更有利。

打那以后，我真正过上了正常而充实的生活。

“孟老师，您的号太难挂了，今天我终于挂上了，请您看看！”我一抬头便发现是太冲老师。

“好的，你让黄芪先记录，完善望闻问切后再到我这儿。”孟老师聚精会神地看着患者，来不及抬头便顺口道。

“太冲老师请坐，请问您哪儿不舒服？”我很热情。

我俩对视时，他突然问道：“你，你是……”

“太冲老师，我是黄芪呀！前年您教过我《腧穴学》，您忘了？”我面带微笑。

“哦！我教过的学生太多了，对你只是有点面熟……”他极不情愿地递上了门诊病历本。

“哦，我说过职工看病要灵活点，既可在办公室看也可在诊室加号看……什么？感冒两周余，我告诉你太冲，像外感发热之类的小毛病，黄芪就能看……”孟老师发现是本校教师时说道。

太冲老师走时，眼神里有些惊愕。

看完最后一个患者，已近中午一点。

我抓住空隙，向孟老师说说心里话：

“孟老师，我偶尔还出现复视，天容老师出门诊时我想请她用针灸配合您开的中药治疗一段时间，也想跟她学习……”

“你这种想法很好，针药并用效更佳。你是学针灸的，就该学好，要向天容老师好好学，以后你做医生时就可针药并用……”疲惫了一上午的孟老师一提到专业又打开了话匣子。

针灸教研室主任天容教授也是上海人，20 世纪 60 年代初毕业于上海中医学院首届针灸专业本科，一直在杏林中医学院从事针灸教学、临床、科研工作。她积极引进“海派针灸”并在杏林省卓有成效地推广应用。

自此，我除了跟随孟教授学习中医临床外，还跟随天容教授临证学习针灸至毕业离校。

## — 107 —

一年未曾回家的我，归心似箭。

这天，恰好是大暑节气。

我在车里自然就想到与“暑”有关的方剂——

长夏属土多湿、大暑系酷热至极，大暑当日于长夏期间阳历 7 月 22 日至 24 日交节，长夏期间本就湿、热兼具，故大暑当日湿与热必更甚。

孟教授所用之“三仁汤”，虽曰“三仁汤”，却是以《温病条辨》宣畅气机、清利湿热之“三仁汤”及《伤寒直格》祛暑利湿之六一散合方而成，此二方之组合方，用以利湿清热更体现中医“三因制宜”即“因人因时因地制宜”。

脑海里不断浮现出这段时间跟师临证遇到的一个个舌质红、

舌苔黄厚腻，脉滑的患者，孟教授从整体观念和辨证论治出发，均以该组合方加减而效如桴鼓的画面来……想着，想着，在车子的不断颠簸下，瞌睡虫慢慢地爬到了我的身上。

轰——隆隆！轰——隆隆！

一阵电闪雷鸣，惊醒了迷迷糊糊昏睡的我。呵！刚才太阳还在光芒四射地炙烤着大地，一袋烟的工夫，天边竟然一片漆黑，紧接着，便是雷声、风声、雨声，这下好了，树叶和地上的焦煳味，人身上的胸闷暑热感瞬间便被神清气爽所代替。

好似在蒸笼里闷着的乘客们连呼：这真是一场及时雨！

民间认为，大暑当日老天下雨，绝对是个好兆头。

## — 108 —

“让我好好看看，长胖了、长胖了，你从小到大就没这么胖过。你的上眼皮，哦！没掉了，赶紧吃饭，哦！就是连硬的油炸花生米也能嚼碎了！真是太好了！”

一进家，母亲就准备好了晚饭，边说边看边夹菜。

我边吃边说边笑：“妈，我不是在信里说得很详细很清楚了吗？您看不假吧！这是不是全好了？”

我告诉母亲我前段时间比这还胖，现在还吃着5mg强的松，是激素的副作用，叫她别担心，待激素停用后就可恢复原样！

母亲笑着自言自语：“这么多年，一下是眼，一下是嘴，一下又是全身……所有这些，都是无力，谁也没见过，还是读书好，如果不是到省城上大学，学校帮医病，遇到这么多好人……妈虽然已努力，尽力了，但还是没有能力……如果不是碰到孟老师，唉！你这辈子……她是救星呀……”

母亲就这样一直笑了说、说了笑，笑着说着就哭了……

## — 109 —

“喂，你还和我们住？为何不搬到你们班的宿舍？”侠溪一进门便对着我嚷道。

为了面子，我不甘示弱，对着他瞪大双眼，很硬气地吼道：

“我想住哪儿就住哪儿！”

搞得随之而至的承山、华盖、申脉和商阳猝不及防，这气氛的调和剂不知哪去了？

这是宿舍里的日常吵闹和斗嘴，尤以晚自习熄灯上床后为甚。往往，两人斗嘴，旁人参与，既是演员，也是观众，互相逗笑，最终，众人皆乐。如——

甲说：你狗嘴里吐不出象牙。

乙答：你吐给我看。

甲说：我吐不出。

乙答：对了嘛！

众人：哈哈哈，今晚乙胜甲输，到此结束，明天再斗。睡觉！

“你就是黄芪？咱俩还是老乡呢！真不巧，我接任你们班主任时你已休学，今天你复学了，真为你高兴！你留级所在班的班主任合谷老师是我大学同学，我跟他聊起你，他说与你很熟……”

教室里进来了一位西装革履，鼻梁上架着一副金丝眼镜、高大帅气近 30 岁的男人，原来他就是支正老师。

听着他掺杂着晴明音的远志话，浓郁的乡情拉近了我俩的距离。

我未经细想便与支正老师说，大一时的《经络学》《针法灸法学》就是天容教授和合谷助教担任的。

那时，每门课由教授（副教授）或老年资讲师及助教两名教师负责讲授，即每本教材由讲师以上职称教师负责一部分，助教职称教师负责另一部分，这种老（中）、青搭配不但体现了传帮带的作用，而且保证了教学质量。

我还说，合谷老师常跟随天容老师出门诊。

支正老师告诉我，本学期的新课程《针灸治疗学》将由他和针灸教研室主任负责，并就住宿问题征求我的意见。

那还用说，我肯定与原班原宿舍的同学再住一年至他们毕业再考虑。

“刚才，我听到你们的吵闹声了，同学相处，开玩笑一定要适度。”支正老师严肃的笑脸中透露出一丝正直。

那一年，同室 5 人分在远志市不同的医院实习。每天早出晚归，虽然每天的作息时间被打乱，但我与他们之间的感情却与日俱增。

休学也罢、留级也罢，对我来说，都是同一性质，每次面对，内心仍旧充斥着或多或少的伤感……

自从走进新班级的第一天起，我一直安静地坐在最后一个位置，直到离开那间教室的最后一天为止。

# — 110 —

个性张扬的夏至来了，让你想低调点都不行。

那是一个硕果累累的时刻，两周后，将是我的原班同学毕业留影的日子。

夏至后两周的那天，毕业班合影照，摄影师刻意以教学楼两侧木柱左侧刻有“献身四化”、右侧刻有“振兴中医”的紫色底板白色行书为背景。

面对镜头，大家喜笑颜开，当然也包括坐在前排的我，快门一闪，30 名同学被定格，一个都不缺。

接着，每人以心仪的照片作为礼物，相互赠送与留言，当然我也愉快地参与其中，留下美好的大学记忆。

7 岁前未患病的我与家人曾有过开心的合影照，患病后的我则患上了“照相恐惧症”。

复学前两周我就停服了激素及新斯的明类药物等所有西药，近一年来，仅用纯中药治疗，我的体重已降至 52 公斤，激素的副作用消失殆尽，多年前患上的“照相恐惧症”自然也跟着“痊愈”了。

我赠予同学的照片，是在学院正大门、与左侧竖挂着的“杏林中医学院”院牌的合影，照片上的我身着一套双排扣黑西服、白衬衣、蓝领带，面带微笑、双眼正视着前方。

毕业晚宴后，已是十点，大家毫无睡意，又聚在一起，一同弹起吉他、拉起小提琴，唱起：

**再回首**

云遮断归途
再回首
荆棘密布
今夜不会再有难舍的旧梦
曾经与你有的梦
今后要向谁诉说
再回首
背影已远走
再回首
泪眼蒙眬
留下你的祝福
寒夜温暖我
不管明天要面对多少伤痛和迷惑
曾经在幽幽暗暗反反复复中追问
才知道平平淡淡从从容容才是真
再回首　恍然如梦
再回首　我心依旧
只有那无尽的长路伴着我
……

次日，看着同学们渐渐远去的背影，再瞅瞅空空如也的宿舍，我的心里产生了一种从未有过的失落感，我曾经不止一次地独处过，但没有哪一次像这次这样孤独过……

# — 111 —

那年毕业，学院下达中医系留校指标两个：中医专业本科班及针灸推拿专科班各一个。

原班同学神聪与本科班的香橼获得留校资格，因为教师住房紧张，所以他俩被安排同住一间屋。

原班的神聪，成绩在班里数一数二，不但是一个严谨治学的人，而且是一个乐于助人的人。

本科班的香橼，我进校时他上大三，其大名在新生中早已传开——他是学生会干部，不但水平高，能力强，人缘好，而且是一个热心肠的人。

我与神聪，虽不同室，但同学情甚浓；我与香橼，虽非同班同学，但非一般同学。

就这样，我在校最后一年就自然搬至教师宿舍与他俩在一起了。

整整一年，我的作息时间终于回归正常，因为教师宿舍可使用电炉，所以我煎中药的时间改在了晚上。

之前因为学生宿舍不能使用电炉，加之教室仅中午空闲，所以我只能选择午休时间拎着煎药器具到教室熬中药。

好在，中医学院的学子们，早已被中药味熏陶惯了，这个中药里头的酸苦甘辛咸，有痛苦、有凄凉，也有快乐，那是味觉与嗅觉的遇见与相通，是味觉与嗅觉在穿梭与交织中绕不开的五味情结。

原班同学大都离开母校了，唯有留省城工作的同学偶尔会来看我。

一年光景过去了，我闲来无事翻开留言簿。噢，每念及此，就会心痛，有时竟喘不过气来——

“交往时光虽短暂，却真的是什么也说不清，道不完……大学生活，难忘你。祝君如意，健康幸福！”

“健康，如意！”

“短短相聚，匆匆分别，真舍不得抛下你，你的‘自我良好’，你的‘打击’，你的幽默，你的……回想过去，带给我的‘忧伤’和快乐，对你有着无限感激。再见，别忘了我！”

“健康，幸运！”

“你，使我懂得了：忧伤时，就写一首诗；快乐时，就唱一支歌。无论天上掉下来的是什么，生命总是美丽的。”

“……”

## — 112 —

“孔最，你好……”见到老同学，一激动我就只顾打招呼。

“你咋个这么没礼貌？孔最虽说毕业分配到我院才一年，你作为实习生就必须喊他老师，这是中国传统文化的美德，也是我科的传承……”50 岁出头的针灸科主任玉枕老师长长地瞥了我一眼，接着就是一顿数落。

“玉枕老师，这是我的原班同学黄芪，因病休学了一年……”孔最红着脸解释着。

“玉枕老师说得对，今非昔比，我还真得叫你老师……”我打趣道。

看着玉枕老师有点吃惊的表情，孔最和我都笑了。

我实习的这家医院是远志市中心医院，从学院出发骑自行车仅 15 分钟的路程。

中心医院是市级数一数二的集医疗、教学、科研为一体的大型综合医院，系远志医学院和杏林中医学院的教学医院。该院虽以西医学科为主，但中医科室不仅齐全还设有住院病房。

鉴于我的身体还在康复期，推拿教研室主任没药老师征求我的意见后就把推拿科实习的时间并入急诊科即延长该科实习期限。这样，我在该院实习轮转科室为针灸科、急诊科、中医科及中医骨伤科。

作为实习生的我，主要任务就是跟随带教老师管病床，书写大病历，开处方，出医嘱等，一句话，就是完成一个住院医师干的活。

“黄芪，你来看看这个患者。”孔最到针灸治疗室把我叫了出来。

“女性患者，35 岁，全身肌肉酸痛半年余来诊，在外院以‘关节炎’予消炎痛及中药内服，罔效；最近两周又加服昆明山海棠，效时好时差。现到我科寻求针灸治疗，我俩搞个针药并用，你来给她开个中药处方。”孔最话音刚落，玉枕主任走进诊室就说：

“是啊，我听说了，你这个同学跟随孟教授学习一年多了，想必上水平喽！这样，以后患者的中药就由你来吧！”

“此患者鼻翼两侧呈现典型的暗红斑，双下肢微肿，双手指晨僵并伴雷诺氏征阳性。我分析是系统性红斑狼疮、狼疮肾、类风湿性关节炎合并发病，当然原发病应为系统性红斑狼疮，必须血检看看是否找到狼疮细胞……”我说这番话，确实有些“初生牛犊不怕虎”。

## — 113 —

“知母老师，我已停用激素两年多，停服中药一个月，请您看看我是不是完全康复了？”我不无兴奋地说。

那天上午，正值知母主任大查房，我下夜班后便去远志医学院附属第一医院神经内科拜访知母主任及医护人员。

“黄芪，没见到你应该有一年了吧？来，我看看，哎哟，是痊愈了！我说过嘛，中西医结合……”知母主任按捺不住的欢喜。

“中西医结合疗效简直不可思议！”我当时的主管医师佩兰老师直接被惊呆了。

这时，护士长玫瑰花老师一字一顿地说：

“我虽然从事护理工作，但一直相信中医，所以黄芪在我科住院时提出服中药我就很支持。不像有些大医生……像我科就有那么两三个年轻的研究生，只要说到中医就不屑一顾。为什么就不学学老前辈知母教授呢？”

我告诉他们，与我同病同日住院的青黛姐也是服了孟教授的中药，不但早已停用新斯的明类药物而且已停服中药一年，病愈如初两年了。

看到大家兴致正浓，我就向她们分享了孟教授以中医为主、中西医结合治疗的一些经典案例，“孟教授常说治疗自身免疫性疾病是‘啃穷骨头’。”所以医患双方必须长期坚持，才能达到预期目标。

“想不到，原来中医在治疗上还有这么广阔的天地！”佩兰老师啧啧道。

那天，大家聊得很开心。

# — 114 —

“医生，你让我找得好辛苦！”话声一落，一张“满月脸”露了出来。

这不是前阵在针灸科门诊碰到的那个患者吗？怎么找到我轮转的急诊科了？

“谢谢医生！要不是你，我真的要被误诊，经过那天你的分析，我去远志医学院附属第二医院皮肤科做了详细检查，查出了好些问题，其中最关键的病就是系统性红斑狼疮，我太佩服你了。你才是一个实习医生就懂得这个病，今天我来找你是要吃你的中药，你看我吃了这么多激素，这么胖，脸都变形了……”

哦，原来如此，我便耐心地把知晓的知识向她做了详细讲解，并告诉她我对此病只学到一些皮毛而已，尚无看此病的能力和水平，只能请孟教授看，听了我的一席话，她高兴地离开了。

“同学，你的住院病历写得又快又好，晨会时你也听主任说了，我们医院要创‘三甲’，而病历质量是重中之重，所以我把这块任务交给你了。”我轮转到最后一个科室即中医科才一周，带教老师麦冬主治医师便吩咐我。

“好的，麦冬老师！”我很乐意，也不无担心。

卫生部从20世纪80年代末开始在部分省、自治区、直辖市启动等级医院评审，90年代初在全国推广，到我即将毕业那年杏林在全省范围内展开。

“黄芪，主任找你，可能是有关你的好事，赶紧来我们科一下！”我在医生办公室接到孔最打来的电话。

去针灸科的路上我边走边想，哪会有我的好事，只要不是

"半路杀出个程咬金"来就谢天谢地了。

"黄芪，从这段时间你在我们医院几个科室的实习表现来看，我科需要像你这样既懂中医内科又具备一定西医知识，而且针灸操作熟练的复合型医生，我找到院领导反复推荐，刚为你拿到'接收函'，你今后到我们这儿工作一定要好好干！"玉枕主任严肃的脸上掠过一丝微笑。

"谢谢玉枕老师！谢谢主任！"

幸福来得太突然，我不是在做梦吧？

## — 115 —

"个别同学的毕业档案，在'自我鉴定'栏内居然写着师从孟教授。孟教授是德高望重的著名专家学者，平时跟随她学习的不论中医还是西医的老、中、青教师很多，除了几个签订师徒协议的，谁也不敢写上'师从'二字，而我们这个同学真可笑！难道连'人贵有自知之明'都不懂吗……"

年级主任茵陈老师从讲台上走下来在教室里绕了一圈，经过我身边时不轻不重地扫了我一眼又走上讲台。

她的话，令全班同学面面相觑。

我从最后一个座位上站起来径直走向讲台，看了茵陈老师一眼，转身面对同学们说"请大家等着我"便离开了教室。

茵陈老师和上一级的年级主任香附老师都是工农兵大学生，都是远志市人，她俩一起上学，一起毕业，一起留校。

那个年代毕业的工农兵大学生都具有艰苦朴素、爱岗敬业的精神，在政治、经济、历史及科学技术、文化艺术等领域，对那个年代以致后来，于个人前途和国家命运均起到承上启下的作用。

在整理个人档案的那几天，与孟教授谈到我休学那年的鉴定空缺，孟教授说“你就不要为难其他老师了，你休学那一年，前半年住院、后半年跟随我学习，我给你鉴定就行”，随后我又小心翼翼地请求道：

“孟老师，毕业时我的‘自我鉴定’可否写师从您 3 年？

“可以，这是事实嘛！”孟教授直截了当。

当时，我一高兴就把孟教授审核好的这页信笺拿去复印，而把原件上交了。

恰好，我在中医系办公室找到孟教授，“孟老师，您那天没签字”，她笑了笑“你个冒失鬼那天跑得那么快”，便在复印件上写了属实，签了名，落了日期。

还好，班会还在进行中，我把孟教授签好的“自我鉴定”向大家展示时说：“这是我的失误，对不起茵陈老师和同学们！”

最后那年主要是在医院实习，所以我与那个班大多数同学之间，就是偶尔遇见了就相互点点头，犹如流水一样，淡淡的。

## — 116 —

“黄芪同学，唉！我现在忙得够呛，除了诊治患者外，整天整夜都在写病历，对了，我还得照抄你原来写的那些病历……”到学院图书馆借书的麦冬老师见到我就埋怨。

原来是创建等级医院有规定，实习生所写病历一概作废，由时任带教老师重写。

呵！这工作量好大，如果我能在我实习过的这家医院做正式医生该多好啊……

刚拿到医院“接收函”的那几天我踌躇满志，但看了家里来信后却又无限惆怅。

“玉枕老师，家里叫我回家乡工作，考虑到父母年纪大，我不能只顾自己……”

玉枕老师打断了我不无遗憾的话，激动又痛心地提高了嗓门：“晓不晓得，你这份‘接收函’来之不易！”

我当然晓得，像我这种非远志市户口的人，要留在远志市级医院工作，犹如登天；我还晓得，留校工作，成绩非名列前茅者，绝非易事！

那些年，大中专毕业生由国家按户口所在地统一分配工作。当然，有关系者，可自主联系相应地区相关单位，否则，只能听天由命——从哪里来就到哪里去。

我成绩平平，何德何能居然得到玉枕主任的青睐。我，何其有幸！

当梦想与现实发生碰撞时，有的人选择梦想而放弃现实，有的人则选择现实而放弃梦想。

与玉枕老师道别时，看着她那凝重的眼神，我心里一酸，什么话也说不出来……

站在医院大门口，望着前方的河流正在缓缓流淌，而我却一直在原地徘徊……或许，我选择的现实已具最大化，而留下的那一丝梦想已微不足道，也只能把它深藏在心间……

# — 117 —

“孟恩师，我……”

怀揣着一颗感恩的心，我双手颤抖着端起杯子，走到恩师孟教授面前，深深地鞠了一躬，本来准备好的临别敬酒辞也被紧张而哽咽的嗓音代替了，内心充满了对恩师的无限感谢、感激和感动，不听使唤的身躯摇晃着……泪水，已不知不觉伴随着复杂的心情模糊了我的视线……

我毕业的那年那月那天那次杏林中医学院毕业晚宴——

学院食堂二楼，座无虚席。彩旗飘扬，彩灯闪烁。中医系毕业生与任课的部分老师、学院部分领导欢聚一堂，共同庆祝毕业同学顺利完成学业，顺应时代潮流，奔赴工作岗位。有的在追忆浓浓的师生情及亲密的同学情；有的在畅谈大学时的辛劳与烦恼；有的在憧憬毕业后的理想与追求；有的在……激动、兴奋、欢乐的谈论声不绝于耳。

我，却悄无声息地独自一人避开喧闹中的同学们，径直向老师席走来……

孟恩师转过身来，轻柔、缓慢却掷地有声地对我说：

“你的病好了，身体康复了，即将走上工作岗位，今后无论在哪里工作，一定要记住：如果你热爱中医药事业，就一定热爱自己诊治的对象。希望你用所学知识去为广大患者解决病痛，做一个德才兼备的好医生！”

年级主任、班主任老师则异口同声：

“你是不幸的，但又是万幸的……”

我低下了头，任凭百感交集的眼泪往下流……

是啊！一个从 7 岁多就患上重症肌无力的患儿，历经误诊误治 10 多年后竟然奇迹般地最终被孟恩师治愈了；一个从童年时期到青年时期，总是沉浸在痛苦、忧伤、彷徨中度日如年的患者，居然奇迹般地康复了，这简直就是把一场不堪回首的噩梦，变成了一场欣喜若狂的美梦！

当我再次抬头的那一瞬间，隐隐约约地看到，老师们的双眼也已经湿润了……

孟恩师再次嘱咐我：

“别难过，你离开了老师，不在老师身边学习，老师也感觉不习惯，今后常与老师联系。你是好样的，凭着你顽强的毅力，终于战胜了疾病。以你作为曾经患者的经历，奠定了终生从事中医事业的坚定信念，相信你一定会成为一个让患者称赞的好医生！”

说这番话的那时那刻，我分明看到了她老人家动情的目光里再次充满了刚毅、赞许、期望……

这真是——

感天动地谒贵人，
国医慈悲施妙术。
病难瞬息喜极泣，
痼疾三载终获愈。

金匮专长疗杂病，
大师岐黄授人渔。
徒儿得益苦作舟，
望闻问切潜心脑。

## — 118 —

毕业晚宴次日。

香橼、神聪和留在省城的商阳等几位上届同学，以及我的好兄弟砂仁都赶来了，他也刚毕业，也留在省城工作。

他们为我举行了一场别开生面的送别晚宴。宴毕，大家一道送我到客运站，一上车，一曲“送战友，踏征程，默默无语两眼泪，耳边响起……”使我驻足不前，撼动着的心灵瞬间驱使我不由自主地转过身来，透过被泪水模糊的视线，我，看到了大家正满怀深情地、表情沉重地哽咽着和着吉他的伴奏声唱道“……战友啊战友，亲爱的弟兄，当心夜半北风寒……”那一刻，同学们的眼泪都流了出来……

车子缓慢移动了，依依不舍的同学离我越来越远……眼泪，不听话的眼泪陪伴着我心如刀绞的离别之情，紧绷着的思绪也尽情地放飞……

车子离省城越来越远，一首道尽了人间苦难又充满着人间挚爱的歌声回荡在整个车内，乘客们都在半睡半醒中静静地听着——

悠悠岁月

欲说当年好困惑

亦真亦幻难取舍

悲欢离合都曾经有过

这样执着究竟为什么

漫漫人生路

上下求索

心中渴望真诚的生活

谁能告诉我是对还是错

问询南来北往的客

……

恩怨忘却

留下真情从头说

相伴人间万家灯火

故事不多

宛如平常一段歌

过去未来共斟酌

过去未来共斟酌

是啊！“有过多少往事，仿佛就在眼前……”人生自古就有许多愁和苦，哪能一路风平浪静？

一瞬间，我仿佛又看到了与恩师分别时恩师那充满刚毅、赞许、期望的眼神；那一刻，我豁然开朗，真真切切地意识到，只要怀着一颗感恩的心认真地过好每一天，那么，这世间将会充满着无限的欢乐和幸福！

因为，痛苦不堪的患病经历；因为，坎坷曲折的求医经历；因为，峰回路转的治愈经历；因为，不同寻常的从师经历；因为……我坚信，我的未来不是梦！

# — 119 —

“你的工作得重新活动，准备联系电力系统卫生所和睛明州中医院。”

到了灵芝大哥家，大哥告诉我。

“我只想去医院。”我说了一句。

“你想去哪儿就去哪儿？你太单纯了，根本不懂得社会的复杂性！”

看到大哥叹了一口气，疲惫地靠在沙发上，我嘴里一苦，便不再说什么。

我是三七县户口，按规定我的工作应到原籍安排。

父亲早就催促大哥，要他想尽法子把我留在灵芝的州级医院，和他在一个城市，在他身边，才放心。

我毕业半年前，大哥已与睛明州立医院党委书记联系，其答曰：行！而该院院长夫人，也是该院中医科护士长以“家人不能这样迁就年轻人，为什么就不能回三七县的人民医院或中医院甚至乡镇卫生院奉献青春”云云，予以否定。

事后获悉，那几天州立医院才决定了进中医科的人选——睛明军分区一首长的爱女。

我知道，只要是医学院校毕业回睛明州安排工作的，无论医、药、护、技，不管西医、中医都以能进睛明州立医院工作为荣。

可提到这家全州最大的医院，因为童年时的两次眼部手术，我仍心有余悸。所以，否了亦罢。

我也知道，家人联系电力系统卫生所主要考虑的是：电老虎、福利好。而成立于 20 世纪 80 年代中期的晴明州中医院，则基础差，底子薄，待遇低。

其实，不管什么待遇，州级医院进不了我就回三七县级医院，只要能从事自己喜欢的中医诊疗工作就行。

那晚，想起玉枕主任说的“这份工作来之不易”，再结合大哥“社会复杂性”的话，我的思绪越来越乱……

## — 120 —

7 月 28 日，是我到晴明州中医院报到的日子。

虽然我学的是针灸推拿，但最心仪的科室还是内科。

机缘巧合，内科刚好有两名医生调往省城，这样，我和同时毕业的一位中医专业本科生就顺理成章地被安排到了内科。

向内科主任报到时，她获悉我毕业于中医系时，一高兴便给我两天时间回老家收拾东西。

7 月 30 日。

“我不需要你这个针灸推拿系的！哼，问你是否毕业于中医系时你回答是，你去院办，由院办安排你到针灸科！”

“主任，您冤枉我了，针灸推拿尚未设系，只是一专业，且隶属于中医系，称为：中医系针灸推拿专业，所以当时您只问了系而未进一步问专业……”正在气头上的她不容我解释连说：“请你赶紧去院办！”

“主任，我最喜欢的科室是内科，因为我可以针药并用。请您给我一周试用期，如果不过关我主动离开！”我不管她是否在听，语速蛮快。

她吃了一惊后也算利落，“这话可是你说的”，我脱口而出“君子一言驷马难追”。

当天我收治的 7 个患者，均按时按质按量完成了相关医疗文书。

同班老护士告诉我，这是建科以来新入院患者最多的一天。

## — 121 —

立秋前两天。

我收了一个 37 岁“十二指肠球部溃疡”的患者。

他还患上了严重的失眠症，你说奇怪不奇怪，他白天几乎无眠而每晚只能迷糊着 1 个小时，但精力却旺盛极了，与常人无异。

原来，他是睛明州文联主办的文学双月刊《三七花》杂志主编。

就是这样一位全州著名的作家、诗人、责编，肩扛多重重担，白天忙单位事，晚上忙写作，加上烟不离手、酒不离口，生物钟不乱才怪呢?

基于患者的学识和职业，我就与他探讨起来：

在自然界中，天地人是一个紧密联系的整体，“人法地，地法天，天法道，道法自然。”天之道在于“始万物”，地之道在于“生万物”，人之道在于“成万物”，这是三才之道。就人体而言，也分上中下三焦，与之对应即上为天、中为人、下为地，中医名方三才封髓丹也就应运而生了。人与自然和谐共生共处共荣的过程，就是人融入天地的过程，像古人“日出而作，日落而息”就是人顺应自然的具体法则之一。因此，不要人为地去隔开人与自然之间的关联性，而要去寻觅与天地间“万物”的和谐性，做一个贴近自然的自然人。古时的“天时地利人和”，现代的“天地良心”怕也算是大道至简了。话至此，我便建议其调整作息时间，努力恢复正常生物钟。

我将《黄帝内经》“胃不和则卧不安”的简单解释告其：

消化系统病变与睡眠质量互为因果关系。建议其一日三餐的饮食均宜清淡、易消化且富含营养之类，忌辛辣油腻之品。

观其舌：舌质红、舌苔厚腻，切其脉：弦滑细，乃三仁汤证也。

我告诉患者，你这个舌苔厚腻，就好比通向屋里的道路上长满了厚厚的青苔，治病就好比往屋里搬运东西。人在厚厚的青苔上行走都得滑倒何况是搬运东西？所以说这厚厚的青苔挡住了东西的运送，消掉厚腻苔的过程就是把这些厚厚的青苔清理干净的过程，只有通道被清理干净了，那么搬运起东西来就顺畅多了，治病也就顺当多了。

嘱其：戒烟限酒；叮其：察己舌苔之厚薄，薄者，乃病退，再更方，便可收功矣。

那天，是我在内科试用的最后一天，当然，我得到了主任的认可。主任认可了，科室的其他医护自然也就认可了。

# — 122 —

“这种已昏迷的严重脑血管意外，只能转省级医院做 CT 才能明确是脑出血还是脑梗死，如果患者熬过今晚，那么明天上午我院可提供救护车帮转运。患者一旦出现呃逆声不断，特别是在深夜出现昏迷时，提示随时有生命危险，夜班医生要高度警惕。千万别小看‘呃逆’这个症状……”主任请来会诊的是部队医院的业务副院长、副主任医师、著名的神经科专家。

作为主管医生和夜班医生的我，由衷地佩服专家丰富的学识和经验，同时倍感压力重重。

这个 50 岁的男患者家住灵芝城郊，系一三七种植户，骑马到三七地的途中从马背上摔下来，被送入我科时已意识丧失，昏迷不醒。

白班医生收在我管的床上时已及时予以西医对症支持治疗。

接班后，我便按照专家的指导意见，对治疗方案做了微调。

就“呃逆”一症，我的大脑不断搜寻着在校期间跟随天容教授时的处理方法。

晚上十点，果不其然，专家预测的情况终究发生了——

昏迷中的患者开始发出间断呃逆声。

在使用吊瓶液体等维持生命体征的基础上，我立即用上准备好的针灸方案——

先取任脉“中脘”穴、手厥阴心包经“内关”穴及手少阴心经“神门”穴以泻法进行针刺为主，再艾灸任脉“神阙”穴为辅，半小时后患者呃逆声几近消失，查：瞳孔等大等圆，对光反射存在，呼吸均匀。

我告之患者家属，患者生命在持续中。

晚上十一点半，患者又突发呃逆声，且连续不断……

值班护士见我在医生办公室踱来踱去，显得很焦虑：

“你赶紧去处理，患者可能要不行了……”

难道真无招了？不会的！这是一个生命，只要还有一丝气息，作为医生，我必须尽百分之百的努力去挽救！

突然，我脑中一闪，快速而镇定地向护士下达了口头医嘱：

“请你准备维生素 $B_6$ 注射液、注射器……我马上给患者进行穴位注射！”

常规消毒后，我用 5mL 注射器抽取维生素 $B_6$ 注射液 50mg 平均注入中脘、内关和神门 3 个穴位。

注射完毕，呃逆声即除！

半小时后，患者从昏迷中渐渐醒来，眼中虽掠过一丝恐慌，但掩盖不了见到亲人时才闪烁的光芒……3 个小时后，患者嘴角缓缓地动了一下，哇！居然可跟家属进行简单交流了，虽然只是浅易的单词表达。

次日早晨，看到患者被安全搬运到救护车上准备转至上级医院时，我紧绷着的心终于放下了。

## — 123 —

生活在晴明州的人，没有谁不知道三七的，也没有谁不知道三七文化的。

每每到了国际三七节前后，因为政府倡导，整个州府灵芝城及三七县城的大道上都以三七为标识被装扮一新；往往那段时间，也是旅游旺季，除了经商、洽谈生意的，游客亦络绎不绝、穿梭其间。

从首届国际三七节暨民族文化节开始，晴明州委州政府就把三七列为重要的支柱产业做大做强，并作为一张亮丽名片推向省门乃至国门。

从那时到现在，一场又一场的“三七革命”以三七县、灵芝市（21 世纪 10 年代灵芝撤县设市）为龙头，在全州各县（市）轰轰烈烈地展开了，本地药企和外地落户的制药行业总是走在前列；三七种植户也不甘示弱，规模化种植的同时不忘规范化，并结合民族特色把全州红土地打造成了一个个色彩斑斓的世界；有些市民还将整株三七移植到花盆里作为室内盆景，让远道而来的客人流连忘返。

我作为当地中医药人，对名贵中药材三七更是情有独钟。

那年代的内科，收治的都是大内系的患者，诸如消化、呼吸、内分泌、神经、心血管等系统的患者，治病方法自然是中西医结合。而像心脏病、高脂血症、高血压、中风等心脑血管疾病更是常见，只要中医辨为瘀证者，便可在中药处方中加用不等量的三七粉，效果的确好。这不，医院制剂室生产的中药制剂产品中，院内主治医师以上职称献出的就有好几个是以三七为君药的经验方，这些院内制剂产品不只针对内科，还有针对骨伤科、外科、妇产科和五官科等科疾病的。

一进咱中医院首先闻到的是中药味儿，其次就见到中医的诊治方法如望舌切脉、针灸推拿，以及小夹板之类的物品，只要你留心，那股浓浓的中医药文化气息会让你一辈子都忘不掉。

难怪人们都说，中医除了是医学，还是文化、是哲学。

## — 124 —

“你写份个人工作总结交到院办。”正在临床一线干得有滋有味，突然接到院办秘书的通知，丈二和尚摸不着头脑的我只得向经验丰富的科主任请教。

科主任说“从我工作到现在20年来，院办未通过科室主任直接通知一个工作才半年的年轻人，我还是第一次碰到，不知上面‘葫芦里卖的什么药’？你就按照通知把最好的总结拿出来吧”。

“我好不容易发现一个好用的人，怎么就要调到院办做秘书呢？我想不通！”科主任同院长较起劲来。

“是院长管科主任还是科主任管院长？这是决定，必须服从！”院长发了个不大不小的火，其威严不容侵犯。

“哎！如果我事先知道上面叫你写总结是为了调你到院办，才不让你好好写呢，都怪我。”科主任无奈中带着些许自责。

我安慰科主任的同时也在安慰自己：

“没关系，院长说了医院成立的三七中医药边境贸易公司，前秘书是总经理的最佳人选。我和院长说好了，我在院办工作就3年，这3年期间，我上午尽量出门诊，3年期满后我申请到远志医学院附属第一医院神经内科进修半年就回内科了，谢谢主任！”

“3年后你能不能回科室还不好说……”科主任不无担忧。

我知道，初参加工作，便是踏入社会，好些事情没有选择，只能服从，犹如“人在江湖身不由己”。

# — 125 —

哈哈，做秘书，每个月居然还有 7 元的职务津贴，对当时月薪 156 元的我来说，绝对是一个小惊喜。

职务津贴的发放是这样的：院长 10 元，副院长 8 元，职能科室负责人 7 元，临床医技科室主任、护士长分别是 6 元和 5 元。

次年，院领导班子成员配备了中文传呼机，院长还拥有了一部“大哥大”；我和急诊科、外科及麻醉科的主任裤腰带上也别上了数字传呼机。

“院办”有广义和狭义之分，广义指的是院领导班子及秘书；狭义则是院办公室的简称。你说奇怪不奇怪？不是职务只是职业的秘书却领着职务津贴，从建院到我做秘书时，院办公室就没主任而只设秘书一人，我自然就沿袭了。

院长是个行政、业务两不误的人，因为他每周定期出专家门诊，所以我出普通门诊的时间就自然与其同步了。

有时候想想，如果能静下心来一门心思只专注自己的专业多好，像我从事的办公室工作，除了公文写作、上传下达、沟通内外、接待安排等份内事外，一些意料外的事亦很棘手，总之，繁、杂、忙是办公室的特点。在这种循环无端的状态中，好在我能定期遇见我的患者。

“小伙子，办公室就你一人，你可谓既是主任又是秘书，随领导尤其是主要领导参与应酬，既考察你的水平，也考察你的酒瓶，就是社会上常说的‘左手拿水平，右手拎酒瓶’，只有两个平（瓶）都共同进步你也才能进步。看你还算机灵，我便传予你这个‘秘诀’，一般人我可是不传的！还有，就是办公室是‘近水楼台先得月’……”乘院长尚未到席，前来洽谈业务的一位在华侨农场主持工作的党委副书记、常务副厂长扶扶鼻梁上的眼镜如是说。

烟搭桥、酒开路，烟酒烟酒（研究研究）是常态。

## — 126 —

为期 3 天的“全州卫生系统办公室主任暨文秘培训班”在晴明州卫生局会议室开班了。

大家都知道，全州党委一号“大管家”是州委常委、州委秘书长，二号“大管家”是州委副秘书长、州委办公室主任。

一开班，就让所有学员倍感荣幸，情绪高涨，因为第一讲便是全州党委的二号“大管家”亲自面授：

“排序和排位是办公室的一门学问，整体排序以四大班子为例，顺序为党委、人大常委会、政府、政协，个体排位就拿刚才开班仪式坐在主席台上的 4 位领导来说，一是从官职大小，二是先党委再行政，三是级别一致则从履职先后等确定一号、二号、三号、四号，以一号居中，面对全场学员二号排在一号左，三号排在一号右，依次进行，简而言之，不论是奇数还是偶数，以一号居中，左右排位即可。”

我由此联想到，方剂的组成不也特别讲究君、臣、佐、使的配伍吗？这与排序和排位的学问恰好吻合，可谓是一脉相承。比如大家熟知的名方——四君子汤，其君药为人参、臣药为白术、佐药为茯苓、使药为炙甘草，这是中医学先贤奠定的以补气为主的基础方，为后世衍生出了众多的益气健脾方剂，为临床遣方用药提供了重要保障。

《红楼梦》云“世事洞明皆学问，人情练达即文章”，学问、学问，身边处处皆学问，要学要问更要悟，正所谓“学而不思则罔，思而不学则殆。”看似“风牛马不相及”的两件事，只要你用心去悟，悟出道来，就会发现其中的切合点，再把它用到工作和生活中你就会感到很开心。

## — 127 —

那年的 6 月 5 日。

杏林省卫生厅下发各地州（市）卫生局，要求地州（市）级中医、中西医结合医院启动创建三级医院的文件，落到我院的目标任务是半年内必须拿到“三级乙等中医医院”牌匾。

睛明州卫生局高度重视，从局机关、已评审为“三级乙等综合医院”的睛明州立医院，抽派骨干力量会同我院班子及个别职能科室负责人组成领导小组主持医院全面工作，组长由分管医政工作的副局长担任。

当看到国家中医药管理局医政司发布的三级医院评审标准中有关科室设置及医、护、床比例的相关规定后，我心中窃喜：何不乘机要求回内科？

“不但临床科室缺人，职能科室也缺人，尤其是缺像你这种写大材料的人。我也正要找你谈话呢，在梳理医院职能科室任职文件、聘书时才发现，建院近 10 年来院办公室竟从未任命过主任，鉴于你的工作能力和奉献精神，加上你做秘书工作已一年半，我们领导小组初步议了下，由你正式担任办公室主任，明天上会形成决议后就下文……”领导小组组长继续耐心地做我的工作：

“在医院这个环境不论任什么职务，只要你热爱专业是不会荒废的，因为，你照样可以定期出门诊……”

翌日，芒种。

芒种，忙着种？看来还得继续在办公室忙着。

在创等达标的关键期，办公室来了个新人，是个文秘专业的应届毕业生。噢！我终于有了个帮手。

静下心一想，诚然，人的一生，不敢苛求太多；人的成长，又总是伴随着时代的成长……

## — 128 —

“请坐！请问您哪儿不舒服？”刚脱下白大褂准备下班的我，看到又来了一位精气神尚可的老人，又重新穿上白大褂，笑着问道。

“我是来开药的。”他边说边把离休证及公医证摆在诊桌上。

“好的，请问您想开哪样药？”我仍旧充满热情。

“龙牡壮骨冲剂！”他微笑着回应。

“这……老人家，这个是小孩用药，再说不能用公医证开，如果您骨质疏松需要补钙，我可以帮您选择能报销的钙片……”

他瞬间变脸，打断了我的话，接着就是一顿臭骂：

“我就指定这个药，我明告诉你我就开给我孙子补钙咋个啦，你开还是不开？你个毛小子，没有我这离休干部当年打天下，你今天能坐在这里，哼！什么人民医生？你把人民摆在什么位置？你看你的态度和言语，你不开我就去告你，看你还能不能当医生？”

我倒也冷静，不卑不亢地笑着反问道：

“老人家，你一定要开这个药就自掏腰包，没必要发这么大的火，伤身又伤心，关键也解决不了问题！我工作虽才几年，但都是凭着良心坚持原则做医生的。至于离休干部我还是接诊过的，而今天面对的你，提出的这个要求还真是第一次！吓了我一跳！这样，我和你一起到州政府，让上面解决，看看是你的要求对还是我按政策开药对？”

他愣了一下，转身走时还不忘骂骂咧咧。

我带着糟糕的心情回到家，有点不思饮食，便信手打开电视，午间新闻正在热播——

在党中央坚强领导下，全国军民上下一心，赢得了抗击长江流域特大洪灾的伟大胜利，形成了“万众一心、众志成城，不怕困难、顽强拼搏，坚韧不拔、敢于胜利”的伟大抗洪精神！

这段时间，涌现出了太多太多军爱民、民拥军、军民鱼水一家亲的感人事迹……新闻结束时，一段段由灾难与拯救、疼痛与怜悯、艰辛与执拗组成的生命细节与点滴画面再次映入眼帘，而背景音乐正是《为了谁》——

**泥巴裹满裤腿　汗水湿透衣背**

我不知道你是谁
我却知道你为了谁
为了谁为了秋的收获
为了春回大雁回
满腔热血唱出青春无悔
望穿天涯不知战友何时回
你是谁　为了谁
我的战友你何时回
你是谁　为了谁
我的兄弟姐妹不流泪
谁最美
谁最累
我的乡亲
我的战友
我的兄弟姐妹
……

## — 129 —

“叽喳……叽喳……叽叽喳喳……”离办公室最近的那棵大树，枯黄的叶子已离枝而去，嫩绿的小叶正在蠢蠢萌动，一群燕子在其间欢快地歌舞着，一看日历，呵！原来春分已到。

“黄芪，今天你院拿到文件时，注意有份破格晋升的，此文一定要宣传到位，我看了下，你应该有希望……”睛明州卫生局人事科的同志打来电话。

之前每天按时骑自行车去州委办公室文件交换处拿回文件先登记，提拟办意见，呈分管领导或主要领导阅示后再分发至相关职能科室办理也是我的常态工作之一，自从有了一个帮手后，自然也就移交给她了。

对照晴明州人事劳动局下发的卫生系列中级职称破格晋升文件，我还真的完全具备所有条件。

在办公室工作的这几年时间，我除了履行好岗位职责及定期出门诊外，还时不时在《晴明报》上发表些中医科普知识及宣传医院动态的小文章，同时在晚上尽量抽出时间写论文、做科研。在即将离开办公室那年经过严格组织程序，专科文凭仅履职住院医师 3 年的我被破格晋升为主治医师，从未料到，真是一种做梦的感觉。

无论是党委、政府办公室，还是企业、事业单位办公室，只要在办公室待过的人，都难免会生发出颇多感慨。

一位从县政府办公室主任走到正厅级领导岗位的老同志在一次闲聊时说过“办公室主任的工作职能还有三点：一是布置会场，二是弄响音响，二是带头鼓掌。”

这位老同志在仕途上顺水顺风，就有人打趣道：难怪他的名字叫升麻！

办公室的枢纽作用，就好比中医学的“气机学说”，人体气机的升降出入，指的是升清、降浊，摄入精华、泄出糟粕，只有升降有常，出入有度，才能循环不停，生生不息，身体才会健健康康。而办公室主任如果真能做到上通下达、左右逢源、游刃有余，用一句中医的话说就是“升降浮沉”，那就绝了。

## — 130 —

“下面，由办公室主任代表我敬各位一杯！”喝到高兴处，领导向客人们表现热情的同时委托予我。

从滴酒不沾到半斤八两，在办公室几年的我进步也不算慢，但近段时间总感觉身体不适。

我在明亮的灯光下很尴尬地说道：

“对不起各位尊敬的贵宾，我真的喝不动了，我受领导的委托，代表领导统一敬大家一杯，我干，大家随意……”

我话音未落，领导却也大度，大声说道：

“那就反过来吧，我代表办公室主任敬各位，干！”

“感情深一口闷（喝），感情浅舔一舔。”违反了酒桌上推杯换盏的“原则”，我显得有些局促不安，而大家兴趣正浓，高潮依旧此起彼伏。

次日，我不得不向领导诉说苦衷“我来办公室5年了，对自己的身体总有一种不祥的预感，请领导批准我回内科吧！”

“你的身体状况，我是看在眼里的，但把你放到临床科室，实在可惜。这样，医务科科长马上退休，你现在已是主治医师，你来接替这个职位，还可增加出诊时间……”领导和我讲了心里话。

拗不过领导的劝说，那年底我就转任医务科科长，而办公室主任则由医院党委副书记也就是我的上任院办秘书兼任。

# — 131 —

“我这个肝功能是正常的。”一个乙肝患者到诊室后就把上午做的乙肝两对半及肝功能结果递过来。

我仔细看了看，对他微笑道：“是的，你的肝功能目前正常，可暂时放心。你年纪轻轻的，还望你把酒彻底戒掉……”

他不容我把话说完便质问我：“单是你开的，费是我付的，既然肝功能是正常的，我岂不是花了冤枉钱？你作为医务科科长怎么就滥开单呢？我今天是来讨说法的，给不到我满意的答复，我还不走了！”

“哦，听你的说法，你还知道医务科科长是调解医疗纠纷的？按你的意思要赔你钱？你相关知识还蛮多的嘛。上午只听说你是老师，能告诉我你在哪个学校吗？”我对他的“讨说法”饶有兴趣。

那年头，患者诊病不用身份证实名挂号，所以一般项目的填写均以患者自述为主。

见他不吭声，我继续道：“开单时我就跟你沟通过，你患上乙肝很不幸，要把大三阳转阴几乎不可能，但如并发肝损伤，中药治疗起来就有价值，因此才建议你加做肝功能，并告知你两个项目共计 27 块，况且，乙肝患者都会向医生要求开两个项目啊，怎么到你这里我就成了滥开单呢？你要医院赔钱没依据，要我赔钱没道理！怎么样？你作为男子汉大丈夫，不会不敢透露你的学校吧？”

“我行不更名坐不改姓，我是三七县二小的，如何！你不要再跟我讲大道理，我听不懂！你要围绕这 27 块怎么处理来谈……”他仍怒言。

“请问你上周喝了你们学校熬的冬春季节预防流感的大锅药了吗？”我突然转移话题。

“哼！喝了，跟今天的事有关吗？”他瞪了我一眼。

“你们的大锅药是我亲自开的方，是你们的校长亲自联系的我，是你们的后勤科科长亲自买的单！可以说，直接关系虽没有，但间接关系也存在。”我再次露出笑脸。

一直愤愤不平的他，拿着化验单急匆匆就要往外走。

我忙说：“喂，你的27块……”

顿时，招来了诊室内其他患者的串串笑声。

## — 132 —

那年，是个好年头。

我的母校——杏林中医学院开始招收中医学专业函授本科（专升本）了。

对于专科学历的我来说，兴奋之情不亚于当年恢复高考时考生那种喜从天降的心情！

作为首届，杏林省教育厅仅在省城设立一个考点，这就意味着，具有中医类别专科学历且有志于升本科的考生都得汇集到省城——远志，参加全国成人高考。

大学语文，是那次考试的最后一科，我完成基础题后，一看作文题目：多行不义必自毙！内心一阵暗喜，结合几年来的工作体会，以良相良医与庸相庸医的对比为切入点，针砭时弊，提出做人当官为医均应以德为先的观点……

“丁零零——丁零零——丁零零。”

恰写至结尾处，来不及通篇检查，我把试卷置于桌上欲起身。

突然，一个踉跄，使得我的前胸猛地撞在桌沿上，紧接着臀部重重地又回到凳子上……10余年前的那两次高考结束时的场景重返我脑中……此起彼伏地翻腾着，双腿似被电击了一样，麻酥酥的……

“书记哥，您能过来扶我一下吗？”对着准备离开考场的副书记，我大声喊道。

全省考生五六百人，均分布在不同考场。阴差阳错，我与副书记竟然在同一考场，只不过他在第一排，我在最后一排。

“怎么了？”副书记看到我大汗淋漓，神色有点懵……把我搀到离考场最近的我住的小旅馆时，他也已满身大汗……

躺在床上，对着赶来的砂仁，我说了句“阿托品”便失去了知觉。

在省城工作的砂仁一听我说出的话，作为医生的他便心领神会——我是用了超剂量的新斯的明类药物发生了胆碱能危象，必用阿托品对抗。

3分钟后，我苏醒了，笑了笑说：“没事了，我好了。”

但见，副书记、砂仁、与我同来的桃仁及一友人，长长地舒了口气。

晚饭后，到了客运站，我被背上班车，与砂仁告别后，在桃仁及那友人的护送下，次日凌晨顺利回到了家。

## — 133 —

其实，我在办公室工作的最后半年，已有感觉：只要一饮酒、一熬夜或者一生气，次日我的左上睑就会出现波动性下垂，甚而四肢还有些无力……看来，旧病复发还真是说来就来。从那时起，我就边用上中药，边想着法子调离办公室。

我已痊愈6年，自踏入工作岗位后就用孟恩师所授知识治疗重症肌无力患者，其间已有获愈案例。此次复发，丝毫不敢怨天尤人，而是作茧自缚，只是愧对了孟恩师——未完全听其对我初涉人生之教诲，未完全遵其对我病瘥防复之训导！

我选择了宁心安神。因为，心静，则神宁，心如止水；神清，则气爽，安神定志。

我选择了从头再来。作为患者，我体验过重症肌无力的发病经历；作为医者，我验证过重症肌无力的治疗效果。

多少年的痼疾曾被治愈，我不但拥有治疗该病的方法且一直在帮助患者，还有孟恩师的电话指导，再者单位领导已为我调整了科室……

我怀着感恩的心和满满自信的力量，热情奔放地投入到了工作、生活、治病中。

窃以为，一个热爱生活的人就应该尊重生命，就应该用自己的方式去彰显生命，守护生命。而尊重生命首先应该珍惜身体，就应该守护身与心的和谐健康，树立起身心医学理念，正如“心病终须心药治，解铃还须系铃人”。这样的人，在人生旅途中会生活得健康而快乐。

## — 134 —

我接到杏林中医学院成教部录取通知书时，虽为意料之中的事，但还是让全家人着实高兴了一阵子。

在我的人生逆旅中，本科，是始终绕不开的心结；母校更是始终绕不开的情结。

读函授，拿本科，一举两得。像我这种没机会到上级医院进修的人，以自学、面授加考试来获取知识获得学历的方式，虽然费用自理、时间自找，已然觉得是“老天爷”开眼了！

我院报考若干人，仅有副书记、另一名同事和我中榜。自那时起，副书记与我，就从上下级、兄弟关系，又增加了一层同学关系。

我从那年的 9 月起至毕业的 3 年间，均往返于母校，虽只每次面授考试才去，却也是意气风发，情意浓浓。

报到那天，就遇见一个惊喜：班主任竟然是我读全日制专科时对我关爱有加的年级主任香附老师！

函授本科班，简称函本，就只我们一个班 70 余人，来自不同地方，单位上至省级医院、下至乡镇卫生院；年龄从花信年华到知命之年，这不，既有我曾经的专科同学，也有当年带教过我的医院老师，个中关系，确也有些千丝万缕。彼此间将“函本”戏谑为“憨本”，着实是我们这些追梦人感恩于遇上了教育部施行专升本函授本科教育政策的一种情愫之称。

## — 135 —

“胸腺异常增生，必须手术！”

远志医学院附属第一医院和杏林省立医院 CT 室主任、心胸外科主任的意见高度一致。

函授本科第二年，逢面授时间，我如期到了学院，因为身体状况，去了医院，最终选择在杏林省立医院心胸外科手术。住院手术一般在 14 天内，面授结束再考试则在 15 天后，我何尝不想利用好这么宝贵的时间呢!

我向香附老师请假:“我已是而立之年的人了，为人子为人夫为人父，我的身体我作主，不能休学！虽然手术那几天会耽误面授，但我会按时参加考试并且一定会过关，请您相信我！”说到最后我戏谑地淡淡一笑:

“这也许又是‘老天爷’的眷顾，让我也去体验体验手术的滋味……”

香附老师则不无担忧:

“是啊，10 年前你休学时也是大二，为什么时间点就这么巧呢？本来这次你还是应该休学的，但是你的态度这么坚决，我也无话可说了，我知道你一直以重症肌无力为主攻方向并积累了很多经验，专业方面我肯定相信你！但你得向我保证，无论如何一定要把身体放在首位！”

# — 136 —

杏林省立医院 ICU。

麻药散尽，我便醒来，睁眼一看，妻子抱着未满 5 岁的女儿紧挨在我的身边。女儿的小手先在我的脸上摸摸又划到我的手上按按，瞪着那双漂亮的大眼睛东张西望，我在心里暗自一笑：这丫头看来是个当医生的料！妻子用手紧紧地抓住我的手腕，看着插上呼吸机和满身管子的我……泪，直在她的眼眶里打转……我拱了拱手背，意思是：我这不是好好的吗？她是银行职员，从未见过如此场面，虽然术前向她描述过，但真正面对还真是难为了她！

“他不会乱抓乱蹬，把他手脚的约束带解开，他是一家地州级中医院的医生，还是医务科科长呢，自己人，你们给他准备写字板，他懂的……”正在这时，我的主刀医生——心胸外科主任、主任医师黄精教授一进门就跟值班医护打着招呼。

我知道这种“胸腺切除并前纵隔淋巴清扫术”后伤口处难免剧痛，但术前沟通时，为避免或降低肌无力危象发生，我拍着胸脯向黄精教授保证：不使用任何止痛药，我扛得住！

“疼不？能忍吗？实在不行就加点止痛的。有什么不舒服就一并告诉我，你慢慢写。”黄精教授看到在预测时间内醒来的我生命体征正常，也不发热，如释重负地对我说道。

我在写字板上一笔一画地写着：谢谢黄精老师！我平躺着只要不动（也动不了），就不疼，不用止痛，我能忍！另，无不适。请您放心！

“我接诊时，就全面了解和分析了他的病史，可分作 3 个阶段 3 个奇迹，每个奇迹的出现均源自他顽强的生命力，而顽强的生命力又植根于他的自信、力量和知识。他曾被治愈 6 年，因工作性质饮了几年的酒而复发，再次予内科中西结合保守治疗效果欠佳，CT 显示胸腺异常增生，只能施行手术来‘打通堵点’，再继续内科用药，当然，这后续的治疗就是他的强项了，相信用不了多长时间他就能再次痊愈！”黄精教授对身边的医护人员介绍完情况后握了握我的手便离开了。

探视时间已过，来看我的两个朋友只能隔着厚厚的玻璃墙远距离注视着浑身无力躺在急救床上的我，一个是三七县公安局我高中时的同学槟榔好友；另一个是我参加工作时结交的睛明军分区志愿兵当归好友。

我从里往外看，因为服装颜色的缘故，一眼就辨清——穿着藏青色“九九”式警服的是槟榔，身着橄榄绿军服的是当归。

警服的变化，不仅带有时代烙印，而且显示出各行各业面对即将到来的 21 世纪，与世界接轨的步伐正在加力提速。绿色，永远象征着充满气息的生命大地。

## — 137 —

“插着呼吸机吸痰就是带机吸痰，对于清醒患者来说非常痛苦，你要有思想准备！”护士温柔的语气中掺杂着些许严肃。

我点了一下头，表示没问题！心里想：难道这带机吸痰比起术后未用止痛剂扛痛来说还有过之而无不及?

护士熟练地断开呼吸机与气管导管，将吸痰管沿气管导管轻缓地送入气道，然后左右旋转，向上提拉，反复抽吸……每抽吸一次，就像是孙悟空在铁扇公主肚子里拳打脚踢一番，仿佛把我的五脏六腑翻来覆去作弄一遍……既像撕心裂肺，又似肝胆欲裂！不，那绝对不是未用止痛剂扛痛的滋味！而是一种翻江倒海、五马分尸，一种生不由死的异样感受！我强忍着的泪最终还是极不情愿地流了下来……

“吸痰是定时的”护士操作完毕撂下的话，使我不禁一阵胆颤!

“滴——滴——滴”有节律的仪器声穿过我的耳膜，萦绕在整个空旷寂静的空间，陪伴了整个孤寂难耐的夜晚……

## — 138 —

处于半睡半醒中的我先是由脘腹隐痛演变为腹胀，慢慢地，整个腹部就像一个被气体撑到了极限的气球，一种快要爆炸的感觉，一阵一阵的憋气感随之而来……

我用手拍床，未应；又抬脚踹床，护士过来问“哪儿不舒服？凌晨一点了，好好休息……”我用手指着腹部比画着，护士心领神会似地说“我去叫医生”就走开了。

时间一分一秒地过去了，值班医生还未到，而我的腹部仍在继续膨胀，一种莫名的恐惧感像渔网似的从狭窄的空间劈头覆盖下来……

砂仁突然进来，一看我的脸色，找来写字板，我以最快的速度歪歪扭扭写了“快处理腹胀！实在不能忍了”！

“全腹鼓音！马上洗胃！”值班医生一叩诊便下医嘱。

随着胃内容物被有序排出，我的肚子从滚圆渐渐缩小，到全部瘪下去的时候，胀气便消失殆尽，一会儿全身就血脉贯通、气机畅达、经络舒缓，这一瞬间，让我感受了生命遭遇激荡后的又一次本真诉说。

医生和护士离开后，砂仁说“值班医生一直在抢救别的患者，他是我们睛明州人，本科和硕士都是在我的母校远志医学院上的……”

次日上午，隔着厚厚的玻璃墙我隐约听到外面的吵闹声——

“现在我们是人财两空……”

“我们早就跟你们讲清楚了，ICU 收治的都是危重患者，一只脚已踏进‘鬼门关’，你们作为家属应该很清楚；而作为医者的我们确也尽力了……”

## — 139 —

我在 ICU 度过两天两夜，顺利转到心胸外科抢救室待了三天，到普通病房观察五天后就出院了。

黄精教授对着他的团队说，被施行此类手术的患者中我是同时打破住院时间最短、伤口愈合最快、无并发症发生的“短、快、无”三项纪录的第一人。

我愉悦中不无揶揄：

“谁叫我这个本就心胸开朗的人住进心胸外科呢？我认为只要住过心胸外科的人，哪怕原先心胸郁闷都会变得心胸开阔；

而心胸开朗则愈发变得心胸宽广！谢谢黄精老师及各位老师！”

走出医生办公室的时候，我再次看了看挂满锦旗和感谢信的墙壁，不由想起，我从ICU转出那天，不知是患者家属期望值过高还是别的什么原因，患者家属和与‘死神’赛跑的医生间发生的不愉快；还有我们医院我身边发生的医患故事……

其实，在医院，患者病况好转、痛苦减轻的时刻，也是医患双方同时感到高兴和欣慰的时刻，更是医护对患者实施治疗、护理、沟通付出后收获的时刻。每个人的生命都是极其宝贵的，就只有一次，所以，不管是谁，只要到了医院，就无所谓高贵与低贱，也不论贫与富，作为医者总是会全力去救治患者，而作为患者理应积极配合，只有医患精诚团结去对付共同的敌人——疾病，才是人间最美好的事情。只要你留心，在医院里你总会看到生的坚强与死的挣扎，甚至在绝望中努力寻找希望的那份力量。

## — 140 —

“我要反映问题，哪个是医务科科长？我要告你们医生的状！”一个怒气冲冲的中年男人突然闯进综合办公室。

说是综合办公室，其实就是医务科、护理部、门诊部及药剂科的联合办公地点。

“不急！不急！有什么事儿请跟我说……”我放下手里的活计，边说边起身倒水。

他却打断我的话：“不急？哪样不急！难道你们中医院就是个‘慢郎中’？我在诊室碰到的就是个‘三锤打不出个冷屁’

的不急医生，来到办公室你又来个不急……”

当时场景——

医生：“请……请坐，你……你……哪里……不……不好？”

患者：“我知道哪里不好我不成了医生？你们中医不是摸摸脉就知道了吗？你是医生，你快摸脉吧！”

患者陈述：医生先摸了我的右手，又摸了我的左手，然后让我伸出舌头，看了看，问了我的姓名、单位、年龄后便“刷刷刷”地开好了处方。

患者：“医生，我究竟是什么病？”

医生：“你……你……不告诉……我，我……我……也……不告诉……你，你……你……吃完药……告诉……我，我……我……再告诉……你！”

哦，原来是这样。

“刚才接诊你的不急医生恰恰是一个医德好、医术精，数十年来救人无数，获得良好口碑，年年考核都是优秀的结巴老中医，想不到在他即将退休时居然被告了状！真是想不通呀！”我用余光瞟了瞟已趋于平静正在喝水的患者，继续说道：

“其实，我们中医看病，是望闻问切四诊合参，并且问诊摆在很重要的位置……老中医口吃的小小缺陷加上你对中医诊病的误解，以及你的快语速和急迫的心情……”

谈着，谈着，患者会心一笑，“知道了，理解了，什么也不说了”就离开了。

调解医患纠纷是医务科的职能任务之一。我的感受是三看：一看医疗技术是否硬，二看病历书写是否规范，三看与患方沟通是否到位。

## — 141 —

惊蛰二字，在我身上被这样解读或许更为贴切：惊，惊喜欲狂也；蛰，累积收藏也。

我通读完晴明州人事局转发杏林省人事厅关于开展优秀中青年破格晋升专业技术职务（职称）工作相关文件的那天，恰好是惊蛰节气。

因为破格的具体条件我全部达标，必备条件中唯本科学历仅差 3 个月，而只要再完成最后一次面授，再通过几门课程的考试便可毕业，所以我踌躇满志。

“黄芪，今天是你请客，只我们喝酒，你却喝茶，你不是身体完全康复一年了吗？……”几个朋友聚餐，其中一个调侃道。

是的，我停西药一年、停中药半年，再次获愈。

其实，那次胸腺术后，起效虽微，亦未加剧，这也挺好，犹如黄精教授所言手术是“打通堵点”，为再次以中医为主、中西医结合而治“扫清障碍”甚为关键。其间我几次电话请教孟恩师并多次研究所赐处方，反复增加复方中黄芪剂量，经过自身验证一年后诸症悉除。

“我在办公室那几年就喝得了个医学本科，而这个医学本科又直接把我送进了手术室和 ICU，你们说我还敢喝酒吗？”我也调侃道。

“你这么能干，就不想再进步一点，升个副院长？”另一个步步紧逼。

“当时作为办公室主任也可谓是‘近水楼台先得月’，加上左水平右酒瓶也同时进步，都还‘原地踏步’，如今到了医务科就更不可能啰！”我半开玩笑半认真地说。

“像你这样的性格，最好不要涉足行政而只单纯做医生……”

再次回味孟恩师的话，使我更加坚定了未来的走向：行政上顺其自然，业务上精益求精。

当然，就如何处理好行政与业务之间的关系，如何使两者协调发展。我认为，除了做到心无杂念、宁心静气外，好好悟悟“横看成岭侧成峰，远近高低各不同”，再来辩证看待“知足常乐”与“不知足常乐”，或许，答案就在其中。

## — 142 —

6 月的省城，不到中午时分绝对称不上是骄阳似火。

那个上午，凉风比平日还早些到来，它挟着暑湿再乘着些许热流拂过大街小巷中涌动着的人流、车流，这不就是一个具有丰富内涵的季节吗？

我攥着刚领到手的成人高等教育中医学函授本科毕业证书，坐上出租车便往杏林省卫生厅职改办奔去……所有破格晋升资料均已上交完毕，唯静待次月答辩矣！

处暑那天，恰逢一场秋雨登台而过，暑热之流即将谢幕。《杏林日报》《杏林广播电视报》《远志晚报》同日登出那年杏林省中青年破格评审通过人员名单——

“经杏林省第七届优秀中青年破格晋升高级专业技术职务评审委员会 8 月 6 日—8 日评审，通过了 266 名中青年高级专业技术职务任职资格。为进一步体现公开、公正、公平的原则，接受社会监督，现将评审结果予以公告。若对评审结果有异议，请在公告后一个月内向吉林省人事厅专业技术人员管理处反映或举报。”

266名，不仅涵盖理、工、农、医类，也包括文史、新闻出版类，高校居多。

266名中，医类仅32人，其中，主任医师11人，副主任医师18人，副主任药师1人，副主任技师2人，省级三甲综合医院居多。

当看到履职主治医师3年的我名列副主任医师名单时，一股凉意随风而至，在我心间起伏跌宕……

人就是这样，年轻时没房没钱没车，经过奋斗，当你的能量累积到一定程度再加上父辈的资助你可能有房有钱有车，但那时的你就有可能会忘记之前的欲望。这就好比一个患者把病治好当作唯一的希望和方向，经过治疗，病确实好了，好了后这个曾经的患者就有可能忘记之前的期冀，就像“土基着水返本还原”一样，成了一个活脱脱的“好了伤疤忘了疼”的人。其实，这就是一个简单的道理，没有时希望有，而一旦拥有了，便不再珍惜。因此，我一直在想，最难的时候我都过来了，现在多好啊，我庆幸自己能生活在这样一个美好的时代，如若我把持不住，不勤勉，既对不起过往也对不住当下，我就会失去方寸。

我连续被破格晋升主治医师和副主任医师，也应验了一句老话：机遇总是留给有准备的人。

## — 143 —

那年立冬的第二天，是个难忘的特殊日子。

那天，迎来了举世瞩目的盛会——党的十六大开幕。

那天，是我被聘为副主任医师，正式出专家门诊的第一天。

有的人职称晋升了而能力不见长，那叫名不符实；有的人能力见长而职称晋升不了，那叫实过于名。一个从事专业技术的人，如何做到职称与能力名副其实，确实考验人。每隔 3 年破格一次，6 年间完成了从住院医师到副主任医师的我，能想象当时的压力有多大。

有谚语“三遭为定”；有《道德经》“道生一，一生二，二生三，三生万物”；有中国女排三连冠……我为何不来个连续 3 次破格呢?

杏林省卫生厅中医处处长在一次赴我院检查指导工作结束时闲谈道：

“黄芪有两个强，一个是生命力强，一个是事业心强……这是孟老师说的。”

我再次沉下身子、静下心来，按既定方向和目标走去的同时感到力量倍增。

## — 144 —

那天一大早。

我开着价值5.5万元的小羚羊轿车，载上妻女，兴高采烈地往省城赶。

不知咋的，车子才出灵芝城郊，放晴的天空就变了脸，下起了淅淅沥沥的小雨，到了半路，雨越下越大，间或伴着雷鸣电闪，到了盘山公路上，雾蒙蒙的，前面的路看上去一片迷茫。

到远志市中心本来只需六七个小时却整整花了九个小时。

“你破格正高，现提出以下问题请你回答：什么是免疫系统？什么是免疫？什么是自身免疫？什么是自身免疫性疾病？自身免疫性疾病的国内外治疗前沿？蠲痹汤出自？组成？方解？用此方治疗类风湿性关节炎的体会……”

我提交的答辩论文《部分自身免疫性疾病的治疗评析》发表于《中医药学刊》，文中把中医、中西医结合治疗重症肌无力、系统性红斑狼疮及肾病综合征3个自身免疫性疾病的临床经验，升华为理论体系，用于指导实践的解读。

主考官所提问题不免有点偏，但我还是沉着应对，答辩完毕向3位考官致谢时，主考官的表情冷冷的、淡淡的，与这个闷热的三伏天竟似有些不合时宜。

“我们那代人职称晋升一冻结就是10年，哪像现在的你们每年既能正常晋升还可破格，像你36岁就想晋升正高，出发点虽好却失败了，说明你的知识沉淀与积累不够，还得继续磨炼与修行……”孟恩师在电话那头说。

“道可道，非常道，名可名，非常名”，对孟恩师的提醒我不能没心没肺，虽可再次选择次年甚至第三年继续破格，但我懂得“退一步海阔天空”的道理，甚至于暗想“天时地利人和”莫非有时会转换成“天时地利人不和”？

想连续3次破格，可到了那天却拐了个弯！就只有认了：

不能太迫切——我得自我平衡喜怒哀乐，做到气定神闲！循常道。走正常晋升的路子，也挺好的。

## — 145 —

“黄芪医生你没出门诊吧？到我办公室一下。”晴明州卫生局党委书记、局长直接给我打了个电话。

这位书记、局长是从普通教师岗位踏上仕途的，28岁就任县委常委、县委宣传部部长，历经县委副书记，州广播电视局副局长，州计生委党组书记、主任，县委书记……因多岗历练和勤学善思、求真笃行，使他成了全州正处级干部中为数不多的“从实践中来到实践中去”的理论家之一，他书里提到的“到一个地方工作，干一番事业，交一方朋友，留一片深情”的“四个一”，他“跳出卫生看卫生”的工作思路以及他在《晴明日报》发表的针对解决“看病难看病贵”思想大讨论等相关理论文章，便是其有思想、勤实践、出理论的例证。

两个月前的一个下午，州直卫生单位主要负责人及局机关干部职工正在州卫生局会议室等待州委常委、州委组织部部长宣布他任局党委书记、局长，他却因左胸胁部“带状疱疹后遗神经痛”躺在了我院急诊科。院长、主任医师，业务副院长、副主任医师率若干专家进行会诊。

“出发前在我们县人民医院用过杜冷丁，唉！到灵芝城郊的州委党校时他醒来，还是老样子。黄芪，你不是有止痛招吗，赶紧用上。”之前我的一个患者发展成了朋友，其县委班子里的副书记把我拉到一边说。

“好的老兄，待院长、副院长离开后才能轮到我，虽然他们用的是药物，我用的是穴位注射，两者不冲突，但是医院的规矩……”我压低声音说。

这位 48 岁的新局长虽痛苦得似睡非睡，但仍不失气宇轩昂的学者风度。

我立刻按穴位注射操作方法，取阿是穴和支沟穴，每穴注入安痛定注射液各 0.5mL，斜刺，针用泻法。

“黄芪医生，平时我这身体可好了，岂料才到卫生部门工作就让我体验了一把中西医结合，特别是你这招中医方法、西医药物……”坐在办公室里的局长仍十分兴奋：

“我了解过你们医院和你的情况……”

我不由得想起，上次局长在我院调研结束时的即兴讲话“作为救死扶伤的医院，技术是核心、管理是关键、医德医风是灵魂……”

## — 146 —

霜降之日，自然会让人想起“霜叶红于二月花”。

那天，迎来了睛明州卫生局民主推荐干部测评会。主要议题：推荐考察一名副院长人选。

我院系副处级单位，按干管权限划分，班子正职为副处级领导，系州管干部；班子副职属正科级领导，属局管干部。

经过考察预告、推荐谈话、任前公示等《党政领导干部选拔任用工作条例》的相关程序，一个月后，我被任命为副院长。

我刚任副院长，一个县长也是我的好兄长对我说“当科长三分之一是国家的，当副院长一半以上是国家的，当院长三分之二以上都是国家的”。

作为分管业务的副院长，在中层干部会上，我提出了所辖职能部门对临床、医技科室的“十字”工作方针——领导、指导、督导、协调、服务。

次年下旬，我到杏林省中医院名医馆先跟随孟恩师临证 3 个月至其赴沪后，又跟随另外 6 位擅长心内、脾胃、妇科、皮科的全国老中医药专家学术经验继承指导老师或杏林省名中医临证 3 个月。

已履职副主任医师 4 年的我，要不是正常晋升主任医师还真没机会到上级医院进修学习。这半年时间，我以“进修工作两不误”为原则，每个月回院一周处理行政事务和出诊，坚持“磨刀不误砍柴工”。

我离开学校 13 年后第一次进修，再次到孟恩师身边侍诊抄方，内心是满满的幸福感；我独立应诊 13 年后能跟随 6 位中医界的泰斗学习，内心是满满的兴奋感。

跟名师、尊经典、勤临证、善总结，是我学中医、用中医、悟中医的真实写照。

## — 147 —

一直以来，我心里总有一个念头，要把想说的话说出来；曾几何时，我又产生了一种强烈的欲望，要把想说的话写下来……

即便多年前就萌生过写书的念头，但真正动起笔来，已是履职副主任医师整整 5 年、担任业务副院长第三个年头了。

写书，意味着放弃节假日、休息日，忙里偷闲与孤独为伍、与寂寞相伴，但一想到笔下即将喷涌出的那些浑厚的内容时，又浑身是劲。

那年“国际护士节”的晚宴，医院安排在城郊农家乐饭庄，到达后尚有空隙时间我就把脑中闪过的只言片语记在本子上……哈哈，我的书稿正在进行中。

“听说四川发生大地震……”席间一位副院长道。

晚上，看了中央台新闻，“汶川”二字被定格，满目残垣断壁的画面令人泣不成声，众志成城抗震救灾的图片撼天动地……

次日，医院迅速行动，组建了医疗救援小分队，队长一职不容人争，理所当然是我的，因为分管业务的是我、班子中最年轻的男性也是我！

几日来，我和全体队员停止手头一切工作，专心致志苦练救援技术，随时待命出征……

虽然，我和队员们最终无缘亲临现场救援，但勇敢团结、自强不息的“汶川精神”已深深铭刻于中华民族的历史记忆中！

那段时间以至之后五年、十年的纪念活动，相信如我一样无能为力的人很多，每回忆一次都忍不住鼻头发酸……尤其是在小女孩哽咽着唱完《天亮了》及听完主持人的采访后，泪水禁不住翻涌——

主持人：今天你为什么选这首歌？

小女孩：我唱这首歌，是为 5·12 地震中去世的同学们、老师们……我们在学校上科学课，地震时同学都在往外跑，我跑到走廊上就被两个预制板夹在了中间，我昏迷过去可能有两个多小时，我感觉有一个人在抓我，他的脚不停在动，然后就一直在叫妈妈、妈妈，我听到他那种声音真的很惨……我抓住他的手，可能过了一两分钟，他就不再哭了，我知道他可能已经离开我们了……过了一会儿，我旁边的同学听见我说话，他说你可能没有被砸住，你出去的时候千万不要忘了我，我们一起同班同学四年了，我说肯定……我们班同学老师 44 个，遇难 33 个，幸存下来的 11 个同学，有一个是孤儿、两个是重残……照片中前面那个是我，那一排的同学都是我的好朋友，他们一个都不在了……

老师当时给她留下一块手表作为礼物，竟成了一个永久的纪念，因为，那块表的时间永远停留在了 5 月 12 日 14:28！

主持人：我们生活在汶川以外，在四川以外的很多人都感受过那次大地震给我们带来的震撼和揪心，但我们都没有像你这样亲身经历感受到的痛楚。我想我们永远不会忘记，我们要用我们的方式来祭奠这个时刻，让我们共同为罹难的同胞，为那些同学和老师默哀……

在大自然的灾难面前，人类显得很渺小，也很脆弱，名声、名誉、名气与生命相比根本算不上什么！人与人之间的那些不愉快的事，就更不值一提！

# — 148 —

“玫瑰芍药犹自开。”

那天，杏林省卫生厅公布全省卫生专业技术高级职称任职资格评审通过人员名单，我，名列主任医师栏；那天，也是我完成书稿第一稿的日子。

“犹抱琵琶半遮面。”

时间就是那么巧，履职主任医师刚满一年，我即履新党委书记一职。

老书记已平级调任睛明州卫生局卫生监督局局长，成为一名公务员，他仍具有副主任医师任职资格。

党政班子在几年前就做了调整，接替退休院长的是 1 位外调来的无党派人士，原党委副书记顺理成章被提拔为党委书记。从那之后，医院就产生了 2 个州管的副处级领导干部；副院长 3 个，其中 1 个也是外调的。

“搞好班子团结，书记是第一责任人；因为院长是无党派人士，所以党务工作更是由你全面负责……”任前谈话，州委组织部副部长如是说。

从业务副院长转岗为党委书记，跨度大，我依上级党委的要求并结合医院实际情况对自己制定了“管好党务、做好业务”的工作原则。

在团结方面，我遵“中庸之道”，并将其理解为“有原则的包容”，这一句极其简单的话，实际上包含着 10 年来我做书记的实践认知“会管不会管、敢管不敢管、能管不能管”。

## — 149 —

说起二十四节气的名字，最富有诗意的恐怕就是“谷雨”了，那天上午，我出门诊。

“黄芪教授……”

一个泪眼婆娑耷拉着上眼皮，双手捧着一本《重症肌无力中医实践录》的女患者，喊了我一声便哭出了声。

“不哭不哭……”我忙抚慰她。

“哇哇……我终于找到您，亲自见着您本人了！哇……哇……”她竟放声大哭。

她来自湖南，32岁，1月份我的专著《重症肌无力中医实践录》才由人民卫生出版社出版发行，她就带上书千里迢迢赶了过来。

她是省外来的第一位重症肌无力患者，我为她制定好治疗方案准备收住院时，她擦干眼泪：

“黄芪教授，我一定听您的话，配合您好好治疗，从今天开始……不……从现在开始，我再也不哭了！但我有个愿望，请您在这本书里给我签名！”

我随即给她写下：

“坚强、勇敢、毅力是战胜疾病的首要关键！”

这两段话，摘录于书中后记——

“如果读了这本书，能让我们的患者少一些曲折和痛苦，多一点坚强和自信，让正规渠道的中医、中西医结合治疗方法护佑他（她）们，那么，人生将是多么美好。如是，我将倍感欣喜矣！

如果读了这本书，能让我们的大夫少一些误诊误治，多一点仁心仁术，让患者得到及时正确的中医、中西医结合治疗，那么，人生将是多么美好。如是，我将倍感欣慰矣！”

从收到样书到那时的 3 个月期间，我无时无刻不沉浸在那份闻着书香、看着文字的兴奋中；我无时无刻不陶醉在那份付出与收获的喜悦中。

越是自己写的书，越是爱不释手，看的次数就越多。

## — 150 —

那天清晨，草坪里、枝叶上的一颗颗露珠在光线的照射下格外晶莹透亮。呵！原来是白露到了。

人们都说，白露是个丰收的节气。

这话不假，给我带来丰厚礼物的那天，也是我履职主任医师 3 年后的那个白露。

那天，杏林省人力资源和社会保障厅发布了享受省政府特殊津贴人员名单的公示。

名单中自然有我。

次月，省政府向各州（市）人民政府，省直各委、办、厅、局，中央驻杏有关单位发文——《杏林省人民政府关于表彰享受杏林省政府特殊津贴专业技术人员的决定》：

“享受省政府特殊津贴人员分别在我省工农业、科教文化、经济、卫生等领域做出了突出贡献，是全省广大专业技术人员的优秀代表。希望享受省政府特殊津贴人员珍惜荣誉，保持谦虚谨慎、不骄不躁的优良作风，再接再厉，继续在各自岗位上努力工作，为我省经济和社会事业发展再创佳绩。

全省广大专业技术人员要以受表彰的同志为榜样，以邓小平理论和‘三个代表’重要思想为指导，深入贯彻落实科学发展观，爱岗敬业，开拓创新，刻苦钻研，为促进我省经济社会又好又快发展做出更大贡献。”

你且看，那人工培育的百亩玫瑰花四季都盛开着；再转身，那一望无际的“出淤泥而不染”的荷花凋谢后便剩了伞状的荷顶。而玫瑰花及荷顶均可入药，只不过用途不同罢了：玫瑰花可治面色晦暗，乃女士美容之最爱；而荷顶则有升举阳气、利爽头目之用，是有识之士保持头脑清醒的最佳选择。

## — 151 —

“你应该成立一个专科，专门治疗重症肌无力，州政府给编制、出经费……”那年的睛明州科学技术大会上，为我颁奖的州级领导鼓励我。

是啊，这两年，众多州外、省外，甚至国外患者携带《重症肌无力中医实践录》远道而来。除了重症肌无力患者，不乏进行性肌营养不良症、运动神经元病、吉兰－巴雷综合征、多发性肌炎、周期性瘫痪、多发性硬化等归属于中医“痿病”的患者。

之前我也一直在思考这件事情，想成立一个“自身免疫性疾病专科”，集中收治重症肌无力、系统性红斑狼疮、白塞氏综合征等病的患者。

也罢，痿病科（重症肌无力科）也算应运而生。

开科后不久，我院接受了国家中医药管理局“三级甲等中医医院”正式评审，算是机缘巧合。

反馈会上，评审专家组组长的一席话，可谓是先抑后扬：

“……在这里，我代表专家组对新设科室痿病科（重症肌无力科）做点评：首先说不足，这是三级医师查房制的不足，按规定，每个入院患者应以初级、中级到高级职称的顺序接诊，而该科则把顺序搞颠倒了，首诊不是初级医师而是主任医师，由其把中医、中西医结合诊疗方案制定好后由住院医师执行，这还违反了首诊医师负责制的原则，按级标必须扣分！其次谈亮点，一句话亮点纷呈，一是该科系全国公立中医医院中的首创；二是患者大都来自州外、省外甚至国外，凸显出专科区域外患者的体量和质量；三是优势病种特殊，中医和中医综合疗法突出。我们专家组经过认真分析和研究，发现这些特殊患者是奔着黄芪主任医师而来，虽然他每周都定期查房，但是患者在第一时间就能得到他的诊治才放心和安心，鉴于此，上述不足是有原因的，因此不再扣分；而亮点在全国独具特色，因此必须加分！”

评审专家组对全院做了一次全面的问诊、把脉、开方，既实事求是地指出了问题，又客观公正地肯定了成绩，并就下一步工作指明了方向。对痿病科（重症肌无力科）的点评，概而言之，就是：肯定中有鼓励，赞扬中有安慰，希望中有鞭策。

## — 152 —

我这一生都在追梦，梦中的最高境界便是国务院特殊津贴，在获得省政府特殊津贴 7 年后，我还真如愿以偿了。

按惯例，享受国务院特殊津贴专家表彰大会，均由各省、自治区、直辖市自行开展。

“敬爱的老师、亲爱的同学：明天上午，将是我人生中的高光时刻，纵有千言万语也难以表达……在此，我谨以薄酒一杯向当年关心过我、帮助过我的老师们和同学们，深表谢意……”那天我邀请年级主任、班主任和留省城工作的同学共进晚餐。

大家吃着、聊着，话题慢慢回到学生时代。

“想不到你的生命力这么顽强，当年为你办休学手续时，老师们都认为我们是医学院校，别人生病我们得医，自家人生病我们更得尽力，一年期限也不知道你究竟能熬到哪天……医着、医着，竟然医好了；想不到你的意志力这么坚强，从你参加工作到今天，你一直在奋斗……行政业务两不误，家庭事业双丰收，竟然拿到了这么高的学术荣誉！”香附老师感慨道。

瞬间忆起，我的第一部专著面世时，香附老师曾说过：

“黄芪读书的时候，哪是读书？主要时间和精力都投入到了与疾病的抗争中……”

我不禁想起《礼记 · 中庸》中的“博学之，审问之，慎思之，明辨之，笃行之”。

# — 153 —

“国务院政府特殊津贴制度是党中央、国务院关心爱护广大专业技术人才、高技能人才，加强高层次、高技能人才队伍建设的一项重大举措，具有重要意义。各有关单位要以习近平新时代中国特色社会主义思想为指导，把实施政府特殊津贴制度作为实施人才强国战略、创新驱动发展战略的重要举措切实抓紧抓好。享受政府特殊津贴人员是推动科技进步、经济发展、文化繁荣和社会和谐的骨干力量，在决胜全面建成小康社会，夺取新时代中国特色社会主义伟大胜利的进程中发挥着重要作用……享受政府特殊津贴人员要珍惜荣誉，增强社会责任感，带动广大高层次、高技能人才为实现中华民族伟大复兴的中国梦不懈奋斗。”

有了国务院特殊津贴，只要履职正高 12 年，便可受聘专业技术二级岗位，其他诸如省“万人计划”名医等更是接踵而至了……

坐在返程车上，我的脑海中依然回荡着上午表彰大会上领导的讲话及场景，慢慢地，思绪再次被拉回这一路坎坷走过的每一步……

“考虑好没有？组织上再三强调了，还是你从书记转岗来任院长！你明天上午到我办公室来……”突然手机响起，睛明州卫健委党组书记的一通电话又把我拉回现实。

我作为党委书记主持医院全面工作已近 8 个月，组织上曾几次做我的工作，我均以不堪重任婉拒。

已到知天命之年的我，理应淡泊名利，只想“事随心，心随欲”，然面对组织之信任，也只有平和与静气了。

## — 154 —

小满节气前一周的那天，我在医院领导干部大会上表态：

“……十分感谢州委对我院干部队伍建设的关心和重视……我坚决拥护州委的决定，坚决服从对我职务的调整安排……我虽感责任重大、使命光荣，但愈加诚惶诚恐、战战兢兢、如坐针毡、如履薄冰。我确实没有能力和水平担任院长一职，恐任期内扭转不了医院的困境而愧对组织和大家对我的信任和期望……当然，我会尽快转变角色，摆正位置，主动作为，筑牢‘四个意识’，维护‘两个核心’，和新任书记高度配合、以诚相待，在上级的坚强领导下，严格执行党委领导下的院长负责制，执行民主集中制和‘三重一大’集体讨论等一系列制度，做到‘讲政治、守纪律、懂规矩’，廉洁自律，履行‘一岗双责’，与新任书记团结和带领党政班子和全院干部职工用习近平新时代中国特色社会主义思想武装头脑，坚持实事求是的原则，正视现实，面对困境，迎难而上，坚定文化自信、中医自信，不忘初心、砥砺前行，对医院充满感情、对中医事业充满激情，集思广益，紧扣中央‘稳中求进’总基调，按照‘减员、扩床、增收、节支’的目标，以‘严的制度、硬的措施、铁的纪律’抓好贯彻落实，为医院破解难题而努力！”

那天，组织上还宣布了新任党委书记。

从那天起，我院开始实行党委领导下的院长负责制。

职工们大都理解医院困境，诉求一点都不过分，只要按时足额发放相关报酬即感满意。作为院长，我感动于大家的这点“小满”，在多个场合喊出了自己的心声：再难也不难职工！

# — 155 —

“医生，我家是建档立卡贫困户，一家三口这次要带半年的中药出院……”俩孩娘的声音很低怯，双眼不经意间闪出了些许泪花。

娘仨都患上了进行性肌营养不良症，这是我们痿病科常见的，也是唯一的一种家族遗传性疾病，其他如重症肌无力、吉兰－巴雷综合征、多发性肌炎等则既不遗传，也不传染。

进行性肌营养不良症，临床特征为进行性肌肉无力和萎缩，以对称性的鸭步、腓肠肌假性肥大为典型表现；以血清肝酶、心肌酶显著增高为重要指标。患者一旦瘫痪便很棘手。

当娘的38岁，尚能做家务，管孩子；大男孩，15岁，已坐轮椅，抬颈无力；小男孩，6岁，虽可活动，但起蹲已显无力。

我常见此类病患，按理说，心里早就有“免疫力”了，但眼前的娘仨虽系本省州外人氏，但以这种“组团”方式来看诊，还真让人心里有种刀割般的滋味……

查完房，想起娘仨的不幸遭遇，我的心情仍久久不能平静……再次走进娘仨病房，轮椅上的大男孩告诉我，他娘和小弟出去买吃的了。

住院楼前，只见小男孩坐在花台上津津有味地吃着香蕉，身边的塑料袋里有些又干又瘪的苹果和香蕉……

我心里更不是滋味，掏出准备好的钱：

“我正要找你，这水果不能吃了，会坏肚子的，我给你500块，去给孩子买些好吃的，补充点营养……”

“谢谢医生，我不能收医生的钱……”当娘的死死地攥紧了拳头。

我掰开她的拳头硬把钱塞在了她手里：

“钱不多，也不能解决你们娘仨的任何问题，但这是我个人的一点心意，你一定要收下，你们家太难了……”

她“扑通”一声跪了下来，连声说：

“谢谢医生……谢谢医生……”

我赶紧扶起泪流满面的她，心里难受极了……

事后，耳边总是响起她说的话：

“水果店老板知道我是从外地领着孩子来看病，说啥也不收我的钱，我说这种水果再不吃就要烂掉了，丢掉多可惜，你们做生意也要成本，毕竟大家都不容易，硬是给了老板 3 块钱才走的，你们这个地方好人多啊……”

## — 156 —

“向院长报告，您挂联的那家姑娘收到大学录取通知书了。”

在精准扶贫过程中，我挂钩联系建档立卡贫困户共 5 家，接到我院驻村工作队队员打来的电话，心想那家的姑娘本就是个读书的料，这下好了，我为她高兴、为她家高兴！

“你是你们村至今为止第一个考上大学的女孩，你马上就要走出大山，成为新时代的大学生，到省城过四年的大学生活，希望你珍惜时光、好好学习，将来为家乡的建设做贡献！这是我个人的心意，奖励你 500 块，恭喜你！”说着，我站了起来双手递给她一个红包。

女孩保持着坐姿笑了笑便接了过去，坐在凳子上的还有她70岁的奶奶及比我还年轻几岁的父亲。

一起去的除了县镇村三级干部，还有中央国家机关派驻该村任第一书记的同志，回村委会的路上，没了来时的欢快气氛，大家都沉默不语，我自嘲地笑了笑“这女孩不容易，真是不容易”！

“咋就不站起来说句感谢的话呢？”其中一位领导喃喃自语。

瞬间，一个发生在扶贫路上的故事在我脑海中闪回——

那是几年前一个处级干部拎着礼物进村入户并与其挂联户第一次共进午餐。

“吃饭时，主人家为我挟了一块烟熏火烤的老腊肉，因为太硬，我咬来咬去就是咬不动，就顺手丢在了地上……”那干部哽咽了一下：

“当时他家真的是太困难了，可以说是家徒四壁，但是他的待客之道又不得不让你感动……好了，接着说，就在老腊肉落地的一刹那，一个男孩与一只狗奔了进来，就在狗刚要舔到老腊肉时，男孩飞快地踢了狗一脚，用手抓起腊肉放进嘴里就跑了出去……”那干部老泪纵横：

“我永远也忘不了那个场景……不过，现在他家好多了，旧房变了新房，已经达到‘两不愁三保障’，马上就要脱贫摘帽了，这要归功于党和国家的扶贫政策，要感恩党呀！”

那干部眼眶仍然湿润……

## — 157 —

时间一晃儿，便到了迎接抗击新冠肺炎勇士回家的日子。那天，我致辞——

援鄂回家的两位英雄、同志们：

待到山花烂漫时，便是英雄凯旋日。

今天，我们怀着无比激动的心情，以最崇高的礼仪欢迎我们的英雄回家！

这场突如其来的疫情，让我们大家都经受了一场非同寻常的考验，在这个复杂的社会里，再次让我们看到了平时看不透的人心和人性，也让我们经过了经历不完的酸甜苦辣，更让我们跨越了越不过的无奈！回想起欢送你们出征前的那次座谈会，我们每个人都刻骨铭心，从那时起的每个日夜一直到你们凯旋回到家的 4 月 6 日，我们才最终放下了放不下的牵挂！在这里，我要代表班子和全院职工对你们的壮举和你们家人的明事理表示最衷心的感谢和最崇高的敬意！对你们平安健康回家表示最热烈的欢迎和最诚挚的祝福！

你们为打赢武汉保卫战做出了重要贡献，是新时代当之无愧的英雄，是新时代最可爱的人！你们为我们医院争得了荣光，是我们医院最杰出的榜样和楷模！你们将载入我们医院的史册！

从今以后，我们医院有了两位真正的英雄，我们要保护好、传承好、弘扬好英雄精神和英雄故事，用英雄精神来教育和引导全院干部职工唱响主旋律，弘扬正能量；讲好英雄故事，用英雄故事来激励和鞭策全院干部职工干事创业的良好氛围。

下一步，我们将坚决落实好各级党委和政府关心关爱防控一线医疗卫生人员政策措施，让英雄感受到党和政府的关怀和温暖。

其次，希望你们慎终如始、一以贯之、再接再厉，以饱满的精神状态和工作热情回归日常医疗工作，为我们医院的发展再创新的辉煌！

最后，为我们的英雄献上——

战疫英雄凯旋归，
处处呈现沸腾声。
英雄精神和故事，
必将重塑新时代形象！
必将引领新时代航标！
必将谱写新时代篇章！
谢谢！

我情不自禁地回想起送两位勇士出征时的那个座谈会。

我查完房刚进办公室，分管副院长向我汇报：

“那个科室那个医生家里有困难……”

“换我去！原来我就说过，我是院长，我不上？谁上？非要拿专业说事，我这个中医专业到了前线是可以抗大疫、治大病的，上面为什么就不能变通一下呢？时间不容考虑，全州抽派 39 人，涉及的专业为什么就没中医？现在可好，我们医院居然……”我再次声明。

“州卫健委说是省卫健委制定的方案不能改，好在 ICU 主任请缨，这次绝对放心，因为她家人特别支持！我看就让她顶替吧！”副院长也是急性子。

“……你俩一定要防护好自己，健健康康地去，平平安安地回……必须答应我……这样我才放心！医院也才放心！你们家人也才能放心……”

“第一次看见院长淌眼泪了……”有人小声嘀咕。

其实，大家双眼都是湿的：既难过又难受……

是啊！哪里有灾难，哪里就有咱白衣战士的身影……

## — 158 —

“他每周查一次房，每个患者仅用几分钟。”这是本院一个规培医生从痿病科（重症肌无力科）轮转至术科后说的话。

“我们来住院，为的就是每周二上午的查房，哪怕平均下来每人只有几分钟，也觉得值！”众多住院患者的心声。

其实，几乎每次查房前我都会对进修、实习和规培医生说“我查房，既不是教学查房，也不是上级医师查房，因为我每周只有一个上午的查房时间，所有住院的痿病患者都得查完，哪怕到中午。而你们都有带教老师，具体的知识，由你们的带教老师负责讲解。”

原来，那个规培医生是因其配偶人事调动受阻而心生不快。

是啊！为职工解决两地分居本就是做领导的责任，但也不能破规矩。好在，大家都知道我是个讲原则、重感情的人，无论对老同志、新职工，我都一视同仁，对权力，我敬畏有加。照但丁说的“走自己的路，让别人去说吧”。

有人与我谈及此事，我本想张嘴，但还是把话咽回，是的，无话可说。对此，我心如止水。

随着时间的推移，尽管手头工作事务千头万绪，但我对中医理想信念的坚守却有增无减，因为，中医对我恩重如山，我对中医情真意切！

我的心里猛然一振：想行政和业务兼而得之，尤其是想挤出更多时间给患者，难以权衡，正如孟子说的“鱼，我所欲也；熊掌，亦我所欲也。二者不可得兼，舍鱼而取熊掌者也”。

## — 159 —

你说巧不巧？我宣布辞去院长那天，竟是组织宣布我任院长的同一天，仅相隔两年。

“今天，我主要和大家掏掏心窝子，说说心里话。我作为党委书记从主持医院党政全面工作 8 个月到转任院长两年来，十分感谢同志们对我的支持和帮助……这是我以院长身份和大家见面的最后一次会议，不仅是我对大家的一个交代，也是我对我自己的一个交代。近 3 年来，面对医院困境，我和大家竭尽全力，虽解决了两个亿的固贷，缓解了资金链随时断裂的问题，保证了职工福利待遇和缴纳相关费用的问题，但其他问题近期却难以解决，所以我一直处于困惑、自责、无奈中……本着对医院高度负责的态度，我必须辞去院长职务，换一新院长，并完全相信，新院长会带来新思想、新举措、新方法，从根本上去研究、去解决医院问题……我自始至终奉行：在哪个位置说哪个位置的话、做哪个位置的事、吃哪个位置的饭，今后无论在哪里，我都深爱着大家，深爱着我们的医院……最后，我真诚希望和衷心祝愿在院党委书记、新院长及党政班子的带领下，医院明天会更好！”

说到动情处，突然“嘣”的一声，话筒哑了，有人说，那是音响哽咽了……

当时，我还告诉大家：

“我主动向组织提出辞职申请3次，并且每次均承诺自愿放弃各种形式的副处级待遇，遵古人‘不为良相，愿为良医’之说，让我气定神闲尽好医生本分，凸显专业人做专业事……可谓历经了千辛万苦才被组织理解同意批准，所以我对组织感激不尽！”

多年的行政、业务双肩挑，从办公室开始一路走来，途中经历过“狼毒”，亦见过“密陀僧”，真乃虚中有实，实中有虚，虚虚实实；免不了“细辛”，仍存“莲子心”，这便是阴中有阳，阳中有阴，始终“阴阳相贯，如环无端。”

最后一次院长办公（扩大）会议，面对同志们满怀深情的话语，泛红的眼眶……我极力控制情绪，末了，将肺腑之言和盘托出，权当是告诫大家，也是聊以慰藉：

“我和同志们谈谈3个心，即放心、甘心和收心。一是放心不放心，如果没借贷到位两个亿我还真不放心，办妥那刻，所有的委屈与辛劳瞬间便觉值了，到如今我不放心也放心了；二是甘心不甘心，做院长我是半途而废，没有到岸，就主动让位，是否有点不甘心？其实不甘心就是甘心，甘心也是不甘心；三是收心不收心，我酷爱专业，人生能有几回搏？所以我该收心，纯做专业了，现在哪怕不想收心也是开弓没有回头箭啰。”

眼泪是软的，一开口便哽咽，眼眶泛红就落泪；眼泪是硬的，说着说着便红了眼眶，接着就哽咽了……

这真是——

革薢陈皮忍冬藤，
防风茯苓露蜂房。
泽泻山药龙胆草，
肉桂甘草熟地黄。

黄芪青黛刘寄奴，
大枣木通千里光。
升麻沉香刺蒺藜，
雄黄厚朴安息香。

## — 160 —

小暑那天，一个患者对诊疗不满意，投诉了我。

那是当天上午 11 点 44 分接诊的一个本省州外 90 后重症肌无力（中度全身型）门诊初诊患者，我评估后建议其住院行中西医结合治疗，其不但拒绝而且要求我对省级医院予其目前的西医方案进行点评，我当然拒绝，并说：“年轻人，你怎么就听不进我的意见呢……”

“老师，整个过程我在场，怎么就变成了投诉……”我的徒弟很茫然。

我有些苦涩地笑了笑，说："人在做，天在看，天地良心。你把我对他的诊疗及沟通的完整过程实事求是地写下来交医务科。我遵守的是对患者负责的诊疗原则，也是我多年来养成的职业操守，没什么问题。你们年轻医生，千万不要因为个别患者的无理投诉就影响情绪甚至动摇执业信念，毕竟通情达理的患者占多数……"

有一年的雨水节气，肾病科一肾衰患者经抢救无效死亡，家属聚众砸坏医生办公室桌椅，时任党委书记的我在民警的陪同下，仍被家属代表中一位20多岁的乡政府公务员拿当时正在开展的"党的群众路线教育实践活动"的要求对我指手画脚……

有一年的国庆节前夕，一患者从一县级医院送至急诊科时已死亡，家属指名道姓叫时任院长的我赔多少多少钱，否则让我和急诊科医务人员节日期间不得安宁云云……

有一年立夏那天，"你这个院长是怎么当的？你这个国务院特殊津贴的专家就这水平……"这是一个死于系统性红斑狼疮并多器官衰竭患者的丈夫从ICU打来的电话，他们家是本州建档立卡贫困户，从睛明州立医院转往杏林省立医院再到我院门诊强烈要求住院治疗，接诊时已告知其妻病情危笃……

小雪、大雪、冬至、小寒节气……

医院里什么样的人都有，什么样的面孔都会见到。医院每天都在上演着形形色色的悲欢离合、生离死别；会听到各种各样的声音、怒气……所有的人性都会在医院表现得淋漓尽致，从另外一个纬度来说，医院确实是个诠释人性的地方。从人性这个角度来分析，每个人恐怕都得接受一下灵魂的拷问：在道德、法律、宗教、文化、哲学等层面究竟丧失了哪些？又自我束缚了哪些?

从童年让我染上“烂眨巴”演变成重症肌无力的那个刺狼锤学长，到未确诊便贸然为我施行两次眼部手术、使眼肌型发展为全身型并让我留下右眼微小疤痕的那个五官科主任，纵使我再刻骨铭心，也不能再尽善尽美，早些年我就换了角度想：前者乃童稚无知，后者则囿于当时的医疗水平。虽偶尔忆起，已绝无记恨之意，否则只会徒增感伤和烦恼。再者，人心都是肉长的，总不能没心没肺吧。有时候又想：那个微小疤痕，不就是我人生艰难求医的印记吗？同时，不也是我从医路上不忘初心的标签吗?

哎，要是人人都能摆正位置，换位思考，多些信任少点猜疑，多些尊重少点伤害——“事理通达，心气平和”。那便是获得了情感的递增，心灵的自在了。

## — 161 —

医院里的那些人和那些事，我相信，会给人们留下颇多的思考和探索。

一个人，一定要有自己的主见，既不要活在别人的赞扬中，也不要倒在别人的诋毁里。

比如：

你说我行我不一定行，你说我不行我在某些方面还真行。

爱一行干一行，容易出成绩甚至容易成功。

中医要努力解决西医解决不了的问题，但要记住，不是排斥西医而是充分利用西医来搞好以中医为主、中西医结合。

若把“上以疗君亲之疾，下以救贫贱之厄，中以保身长全”“上医治国，中医治人，下医治病”“整体观念，辨证论治”结合社会、工作、生活并践行之，你将做何思考与探索？

……

一个人，只要来到人世间，你的生命就会伴随着日月星辰、春夏秋冬、二十四节气在流逝，疾病总是或多或少地与你相伴，使你的身体每况愈下而致生命周期逐渐见短。如何为你的生命添彩，那就得与疾病博弈，这就是奋斗的过程。有的人只注重奋斗结果，有的人只注重奋斗过程，而有的人则两者兼顾。有时候想想，不论结果也好，过程也罢，抑或两者兼顾，甚为关键的是过程中你品过了人生百态，洒落了汗和泪，留下了串串印迹，到终点你会说：不虚此行，值了。

人的一生，不论是吃苦在前享受在后，还是享受在前吃苦在后，抑或边吃苦边享受，甚为关键的是吃了苦再享受，享受后哪怕再吃苦也没什么。

## — 162 —

“这两个月来你没有好好地休息过一天，6 月底医院召开的‘迎七一暨抗击新冠病毒疫情总结大会’上，你一个人制作的视频倒是如期播放了，可你却因‘脑干出血并中枢性呼吸衰竭’躺进了 ICU……”

“你连 40 岁都不到，你两个幼小的孩子咋办……你的妻子又没有正式工作……今后娘仨如何过日子……”

“这，这不是一个‘难’字就可以迈过去的坎儿……你知道吗？”

“……”

这是大家推送在朋友圈的只言片语。

这个中层干部，是大家公认的好苗子。

4天后，他，带着多少人的揪心、扎心、痛心，离开了人世……

有人说，你在单位是根草，在家里却是块宝。

如果人人都以中医“治未病”理念来关注自身健康，即便生命再脆弱，也可尽早避免一些生离死别带来的悲伤和苦难。

## — 163 —

直到有一天。

面对我成长和奉献近30载的地方，我会轻轻地告诉她：别了，我的院，无论今晚、明晚还是后晚，你一直都会在我的梦里出现；在我辞去院长职务后不知道如何称呼我的人、对我视而不见的人抑或是与我感情愈加的人，我会明说：别了，我的同事，到省城时，想见我的，吭一声。

那天那个下午。

院领导组织中层干部及我的徒弟们，为我开了一个座谈会。

一进会议室，一种久违感掺杂着些许陌生感，迎面而至……

看到主席台上的座次，我忙说“这个位置，不适合我”。

站于我两旁的党委书记和副院长，友好地指着“C位”，不由分说，硬是让我坐了下来。

“我马上就成客人了，”我情不自禁。

大家不舍的言语里，多是祝福、赞美、保重之类。

一位著名教授说过，多数人在台面上的发言都时兴“互相吹捧，共同抬高，皆大欢喜”。在分别之际，更是如此，所以，这，自然也在我的意料中了。

而其中的两个职能科室负责人则不一样，一个从申报高校教学医院、附属医院到规培基地的落地去追忆，另一个则从向银行借贷、资金周转到职工待遇保障的推进去陈述。相同的是两者眼中都隐含着泪水，不同的是前者嘴角微微抖动，后者则几次哽咽到不能自已。

这本是做领导的分内事，在你们脑里，怎就如此清晰？再说，这些，如果说是成绩，那也是大家共同打拼的结果，怎能就只归于我个人？这，却又出乎我的意料！

多好的同事！

我如鲠在喉，肝肠寸断；我险些失态，显得有些羞涩笨拙：

“各位同事：此时此刻，我纵有千言万语、纵有万般不舍，但，终有一别；我虽遇见众多好人，虽伴有诸多感动，但，终究回归的还是自己……”

那天，注定了是个刻骨铭心的日子！因为，那天上午，恰逢党的二十大开幕！

一直以来，我走过路过见过的……有反复折腾，亦有自然循环；一直以来，我走过路过见过的……与自始至终深藏于内心深处的情感融为一体。

这真是——

中医博大又精深，
五行相生亦相克。
整体观念与辨证，
脏腑经络合自然。

勿忘师恩业传承，
福泽普惠勤躬耕。
正气凛然却邪气，
人间正道是沧桑！